コドクな
KITADA RYUICHI
北田龍一
Illustration syo5
【こどくなかのじょ】
KODOKU NA KANOJO
The girl wishes.
She just wants to be with him.
彼女
GCN文庫

「終わったよ。もう大丈夫」

顔を合わせた赤瀬奈紺の表情は……

何故か妙に寂しげに見えた。

その顔は、確かに人間味のある
表情な気がした。

「たこ焼きだよ。買って来た事無かったっけ……？」
「いっただっきまーす！」

コドクな彼女

著：北田龍一
イラスト：syo5

GCN文庫

CONTENTS

KODOKU NA KANOJO

The girl wishes. She just wants to be with him.

第一章　合コンと彼女

「なぁホントに頼むよ！　今日の合コン人数足りなくてさぁ!!」

大学生の枇々木叶《ひびきかなえ》は、友人が手を合わせる様子を眺める。時刻は五時を過ぎ、叶が所属するサークル活動が終わった後、大学の敷地内で遭遇した友人は、必死に拝んで拝んで拝み倒してきた。

唐突に言われても困る。理由はいくつもあるが、とりあえず叶は「何故？」と尋ねた。

「何故ってそりゃあ……急に三人ドタキャンするから……」

「突然？　比率は？」

「男が一人、女が二人。何とか女は一人捕まえたけど、あと一人ずつ足りねぇんだ。頼む！　叶！　合コン出てくれ!!」

「俺で無くてもいいじゃん……そういう浮ついたの、向いてないと思うけど」

叶の容姿は凡庸。いや、どう考えても平均より二ランクは下がる。スキンケア不足のかさついた顔、頭髪は基本的に雑。爪は切ればなんとかなるとして、基本的に衣服も『変に外さずに着れればいいや』と言わんばかり。黒や茶色、青のジーンズを回しているし、上着だって似たようなものだ。恥をかくのが見えていて、どうして興味の無い合コンに出ねばならぬのか。さらにツッコミを入れて叶は詰めた。

「つーかそれなら、俺が出なくてもいいだろ。女一人捕まえたなら、男女比は釣り合ってるじゃん」

「い、いや、予約人数がズレるとキャンセル料が……」

「それ言ったら、俺が出る分の出費が嵩《かさ》む。それに今からもう一人、女を捕まえられるの？」

「ホ、ホラ！　人数多いと盛り上がりが違うし、最悪お前は参加しなくていいっつか、引き立て役に徹してくれてもいいっつーか……」

「面と向かって言う事じゃないだろ……」

自覚はあるが、改めて指摘されると少々傷つく。不機嫌になる叶を気にしても、それ以上に自分の都合が惜しいのか……誘いをかけて来た彼は食い下がった。

「わ、分かった。お前の分は半分出す！　それに叶だって女の子と喋れるんだぞ？　嫌じゃないだろ？　浮ついた気配一つないし……」

「いや、それが……だな」

一番の問題点に、叶は言葉を濁した。最初こそ不思議に思った叶の友人だが……その意味を察して驚愕する。

「お前まさか……彼女いんの!?」

「彼女……彼女なのかなぁ……同居人？」

「同棲と何が違うんだコラァ！　爆発しろ!!」

「ちょ、ちょっと事情が特殊なんだけど……」

「特殊だろうが何だろうがうらやまけしからんっ!!」

大学生の叶は一人暮らしだ。高校時代に溜めたバイト代で、大学から電車で二十分、駅からさらに徒歩二十分の地点で暮らしている。親戚の農家が保有する寮へ住み込み、手の空いた日や休みには農作業を手伝う事で、格安で提供してもらっていた。

機械化が進んだとはいえ、人手の欲しい場面はまだまだある。何より『その土地の文化』に触れる事を愉しめる叶は、土いじりに対してあまり抵抗が無い。

そんな叶の生活環境の事を、友人の男はよく知っている。だからこそ『異性の同居人がいる』事実は衝撃のようだ。

「お前に先越されるとか、一生の恥なんだけど!?」

「いやいやいや……元々結構モテるよ？　俺」

「そりゃ畑仕事の婆さんの事だろうが！　オレも一度畑仕事手伝った事あるだろ？　あん時オレもモテモテだったし？　お前に限った話じゃねぇから!!」

「それは……まぁ、うん」

騒ぎ立てる男の声に、僅かだが嫉妬を感じる。けれどこれで、合コンの誘いは断れるだろう……そう思った瞬間、全力で期待は裏切られた。

「そうだ！　それならお前と同棲中の彼女、合コンに連れて来いよ!!」

「何言ってんのお前!?」

コイツは合コンの意味を理解しているのか？　まだパートナーのいない男女同士が、出会いを求めて食事やらカラオケやらを共にする。それが合コンだ。なのに同棲中の二人がまとめて出席する？　冗談ではない。下手をすれば冷やかしと取られて顰蹙《ひんしゅく》を買うのは確実。けれどケロリと合コン主催者は言ってのけた。

「付き合ってないならいいじゃん。同居人なんだろ？　なら出会いを求めて合コンに出てもいいんじゃねぇの？」

「かなり気まずいじゃん。色々と」

「人数合わせのガヤでいいから！　ちびちび酒飲んで、適当に楽しく喋って終わりでいいから!!」

色々と言い訳を考えたが、諦めてくれそうにない。叶はもう逃れられないとして……正直なところを述べた。

「……彼女の方は予定を聞いてみないと分からない。空いていたとしても、断られるかもしれない。それでもいい？」

「全然オッケー！　ただ、早めに連絡入れてくれると助かる」

「はぁーっ……分かったよ。で？　場所は？」

調子のいい友人はニカッと笑い、時刻と場所を送信する。今時ネット端末を通じて、様々な予定を共有するのも常識となった。確認を済ませると、友人はもう一度拝んで声をかけた。

「そんじゃ！　今日の八時にその店な!!　お前の彼女にもよろしく！」

「……はぁーっ」

いつも友人はこうだ。嵐のように強引に巻き込んで、いつの間にか引き込まれてしまう。それでも、まだ切れない縁を奇妙に思いつつ……叶は『彼女』にどう説明したものかと頭を悩ませる。説明もそうだが、果たして多くの人と関わらせて良いものか。ここは……専門家の『教授』の意見も聞いた方が良い。そう考えた叶は、研究室にいるであろう『教授』の所へ行き先を変更した。

＊＊＊

友人と別れた後、叶は大学内の奥地に足を踏み入れた。

いくつか存在する大学棟内、受講用の教室や事務室のある棟と異なり、そこは明らかに空気が違っていた。主に教授や大学院生が所属するその棟は、より専門的な研究資料が集められている。言い換えれば、用のない人間以外の目につかないため……独特の湿っぽさを漂わせていた。

その中でも一際『教授』が所属する一角は、独特の空気を持っている。日当たりの悪さだけが原因ではない。科学全盛期の現代において『教授』の研究は、異質極まるモノだった。『郷土研究室』の扉を二回ノックしてから、静かに叶は扉を開く。

「失礼します」

視界に広がる無数の物品は、藁や木材、なんだかよく分からない動物素材の『何か』が大量にある。多少慣れて来たとはいえ、ここの異界っぷりは思わずギョッとしてしまう。

その世界の奥にいる教授は、一般的なスーツ姿だが……いっそここでは浮いて見えた。

「空いていますか？　天草《あまくさ》教授」

叶が声をかけると、教授は持った書物を下ろしつつ振り向く。気の抜けた返事をしつつ、教授は書物を机に——これまた洋風の『独特な』空気の机に——そっと置いて答えた。

「おぅ。叶か。トラブルか？」

「なんで断定なんですか……というか、期待してません？」

「そりゃ期待もするさ。お前ん所の『彼女』は珍しいからな」

「……彼女をモノ扱いは止《よ》して下さいよ」

「元々モノなんだがな。まぁいい、変に私が呪われても困る。で？　どんなトラブルだ？」

トラブルと断じるこの教授は天草太一《たいち》。郷土研究サークルの顧問にして、同研究室の顧問も兼任している。おおよそ教授は尖った精神性を持っている事があるが、天草教授は何とも言えない。ただし『大学の研究とは別枠で、個人で進めている研究』が尖っており、結果として精神まで尖っていると思われがちだ。

「トラブル……と言えばトラブルですけど、教授が期待しているような内容じゃないです。神秘とは無関係ですし」

「ん？　それだと私の専門外だ」

「ややこしくなりそうなので、直球で言います。彼女を合コンに連れて行っても大丈夫ですか?」

　その単語を聞いた教授は……少しばかり目を丸くし、目元を押さえ声を上げて笑った。

「合コン……合コンか！　つーかお前は酒飲めるの?」

「幸い四月生まれですので。二か月前から合法になりました」

「確か奈紺《なこん》ちゃんが来たのもその頃か。とんでもないお呪《いわ》いだ。年齢的にあの子は完全にアウトだが……アレ相手に法律云々言っても虚しいわな。なんでそんな話になったワケ?」

「悪友に誘われて。なんでもドタキャンが出たから、人数が欲しいそうです。止《や》める選択肢はない雰囲気でした」

　悪友の名前は出さずに、ざっくりと話の経緯を伝える。ありきたりな出来事だが、これに『彼女』を関わらせるのは不安があった。特別な事情のある彼女との生活に際し、天草教授の助言は大変参考になる。少々深刻な表情の叶に対し、どこか豪快に教授は答えた。

「いいんじゃねぇの?　性質上、感染させたりするようなタイプじゃねぇ。まぁ、ちょっと酒が入って言い寄られたり、軽いお触りぐらいはあるかもしれないが……かわいいモンだろ」

「えっ……だ、大丈夫ですかね」

「お前と共同生活できるぐらいだし、むやみにまき散らすタイプじゃない。お前がその手のモノに耐性あるかも調べたが、一般的な範疇だったし。それでお前個人に問題起きてねぇなら、合コンぐらいへーきへーき。変に不埒な事するようなら、手を出した側が原因不明で死ぬだけだ。その時は自業自得と割り切れ」

実に軽い調子の返答だが、叶としては聞き捨てならない単語もある。一体いつの間に調べたのやら。半眼で見つめる若者に、スーツ姿の男は悪びれも無く笑った。

「おいおい、ここは私の研究室だぞ。触媒も道具もいくらでもある。気づかれないようにちょちょいと検査するぐらい、なんてことないね」

「変なことしてませんよね……？」

「それをやったら、私の命が危ないよ」

最後だけは真剣に答え、教授は肩を竦めて見せた。どこまで本気の発言か分からず、叶は唇を曲げて不安げな表情を見せる。彼の反応を別解釈したのか、教授は付け足すように助言した。

「ま、他人と関わらせるのが怖いってのは分かる。お前は正体知ってる訳だし。でもな、最終的にどこに持っていくにしろ……彼女に人間社会の普通に触れさせておくのは、マイナスにはならんだろう。それとも彼女を籠の鳥にするか？」

「……常識は教えたつもりですけど、正直不安も多いです」

「そりゃ言い訳にもなってねぇ。実際に他人と関わらせなきゃ、どこが欠けてるかも分からん。最初にチェックする場としては、合コンは悪くねぇと思うぞ？　気に入らないなら、それっきりの関係性で終われる場所……コミュニケーションの訓練としても悪くないんじゃないか？」

「う……」

不安なのはむしろ自分、叶側の問題だったか。教授の言い分に理があると認めた叶は、思わず頭に手を置いて悩む。苦笑する教授の目線が居心地悪く、言葉を濁して逃げようとする直前、声をかけられた。

「そうだ、来週学園祭もあるし……そん時彼女を連れて来いよ。研究室《ここ》にも顔を出してくれると助かる。直接話してみないと、分からん事も多いだろうしな」

「……努力します」

何度も助けられたので、教授の要求を断る事は出来ない。不安を解消するどころか、むしろ増えたような気分だが……一応は叶の疑問には答えてくれていた。

教授は合コンに反対しなかった。どちらかと言えば叶側が、彼女を連れ出すことを案じていた。それが分かっただけでも意味はある。ペコリと教授に一礼して、研究室を後にする叶。家で待つ彼女にどう説明したものか……悩みながらも家路を急いだ。

＊＊＊

足取りを重くしながら、叶は自分が暮らす住宅へ戻って来た。

築三十年を超えた家屋は、オンボロと言うには綺麗で、新品と呼ぶには古臭い。そんな半端な経過年数と、最寄り駅から徒歩二十分の絶妙な立地は、住居としての価値は低い……と言わざるを得ない。

加えて親戚の伝手《つて》な事、時々叶が畑仕事を手伝うお蔭で賃料が安く済んでいる。だから叶も、この寮と立地を受け入れていた。

幸い広さは十分。古いなりにトイレと風呂もついている。コンロ二台に流し台もあれば、洗濯機だって置けるのだ。一人暮らしなら十分すぎるし、二人でもなんとか生活できる広さだ。……今まで気にした事も無かったが、彼女と暮らし始めてからその点を意識した。

「ただいま」

一人暮らしでも、戸を開けた時の挨拶は忘れない。今までの習慣は、大学二年生になっても消えなかった。それが良いのか悪いのか微妙だけど、同居人のいる今では良かったと思える。

「お帰り、叶」

低く静かな女性の声が、部屋の奥から返って来た。彼女と暮らして二か月、やっとむず痒さが抜けて慣れて来た所。すり足で迫る足音は小さく、ロングスカートで足元はほとんど見えなかった。

瞳はちょっと特徴的な、暗い橙《だいだい》色の瞳。ふっくらとした頬に、広く平べったい唇。全体的に体の線も細く、長い前髪で額を隠していた。

「どうしたの？　今日、ちょっと遅かった」

「あー……うん。厄介な事になってさ……奈紺《なこん》にも話さないといけなくて……はぁ」

「わたし？　わたしと……大学？　関係ないよ？」

彼女の名前は赤瀬《あかせ》奈紺――二人で決めた名前であり、同時に『適当な名前』でもある。根拠の薄い雑な命名だけど、本人は気に入っている様子だ。

「実はさ……合コンに誘われてて」

「合コンって何？」

「えぇと、男と女が同数でお喋りするって言うか……その、仲良くなるための会と言うか……」

「ん……ドラマで見た気がする。お見合い？」

「それを集団でやる感じ……なのかなぁ？　それに呼ばれてて。人数合わせで俺も呼ばれちゃって。さらに悪い事に……奈紺も参加するように誘われて……」

「ん？　わたしも？」

「そう。君も」

目の前の女性、赤瀬奈紺は目を泳がせて……やっぱり何も分からないと首を傾げた。

「なんで？」

「断るために『今は奈紺と暮らしているから』って言い訳したら、巻き込んじまえって感じになって。借りも貸しもあるから、ちょっと断りづらくてさ」

「わたしも合コン、行くの？」

「……興味ある？」

「少しある、かも」

興味を示す彼女だが、すべて理解できたとは思えない。叶はゆっくりと彼女へ合コンについて詳しく説明した。ちゃんとは分かったか怪しいが、大まかに通じたらしい。奈紺なりに現状を理解すると、改めてコクリと頷いた。

「いろんな人と、ご飯食べたりお酒飲んだりする？　うん。楽しそう」

「楽しい……っちゃ楽しいのかな。俺、そういうの良く分かんなくて」

「わたしも同じ。一緒だね」

「ははは……」

その微笑みは、叶には眩しいような悲しいような。それなら一緒に、経験してみるのも悪くは無い。改めて目を合わせて笑うと、奈紺は静かに頷いた。

「じゃあ……綺麗めの服がいいのかな？」

「そうだね……うん。ゴメン」

「なんで謝るの？」

「俺ファッションセンスないから……その、笑われたりしたら、ゴメン」

「？　どうでも良くない？」

何が可笑《おか》しいのか分からないように。不思議な言葉を聞いた時のように。きょとんと奈紺は真っ直ぐに彼を見つめて言った。透き通るようなのに……奥底が読めない瞳で、叶の内面を覗くように喋る。

「叶がわたしのために選んでくれた服だよ？　なんで笑うの？　もし笑う人がいるなら……わたし許さないよ、その人」

「そ、それはナシで！　悪気は……そんなにないんだ。ちょっとからかっただけって感じだろうから……」

　叶の心に怖気が走る。強い強い恐怖が湧く。彼女の持つ背景と気配は、オカルトめいた危険を想起させるのだ。変な事をされても困るので、何とか叶は落ち着かせる。

「…………合コンで嫌だと思ったなら、関係はそれっきりで終わりだから。な？」

「ん……叶がいいなら、そうする」

　怖ろしい気配は消え、奈紺はコクリと頷く。彼女が着替える気配を察し、そそくさと脱衣所へ叶は撤退。彼女が衣服を選ぶまでの間、ついでに風呂掃除も済ませておく。叶が一仕事を終えた頃には、すっかり別の衣服を着ていた。

　新品の、ゆったり着れるベージュ色のロングスカートと、紺色の上着と黒のインナー。暗い橙色の眼も合わせ、見てくれはかなり整っているように見える。正体を知らなければ、声を掛ける人もいるかもしれない。

　これから合コン。厄介な事にならなければいいが……一抹の不安を抱えつつも、叶は彼女、奈紺と共に合コン会場へ向かった。

＊＊＊

中沢健太郎《なかざわけんたろう》は、友人に心底感謝していた。最初は十人で合コンの予定が、急遽三名が脱落。女性二名、男性一名を補充する羽目になり……合コン主催者の彼は心底肝を冷やしたものだ。

たかが合コンで大げさな……と思うかもしれないが、この会に失敗は許されていなかった。信用問題もあるし、一つデカい爆弾へ引火する危険もあった。あるいは、今回のトラブルの大本の原因はソイツかもしれない。当日朝に、同時に三名欠員の知らせが届くのは出来すぎている。女性陣を見渡す中沢の前で、四人目の女性が自己紹介を始めた。

「前の彼ピに逃げられちゃいました～！　今日は新しい出会いと、お酒を求めて来ました！　よろしくぅ!!」

「お、おう……」

「そっかー」

「いやカワイイのになぁ？」

その自己紹介はどうなのか。主催者の中沢は苦笑いしつつ目を細める。何とも哀愁漂う参加理由に、場の空気は一瞬怪しくなった。こういう時は特有のノリで、あまり暗い事は言わないで欲しい。中沢は咳ばらいしつつ、司会役として最後の人物へ声をかけた。

「それじゃ最後……ええと」

「ん。わたしだよね？」

「そそ。自己紹介、オナシャス！」

今日合コンに呼んだのは『中沢が知っている面々のみ』のセッティングなのだが、彼女に関しては初対面。無理を言って穴埋めしてくれた友人、枇々木叶の同居人だ。彼は誘うのを渋っていたが、なるほど慣れてないと見える。ぼんやりと周りを見渡してから、彼女は何かを思い出すように目線を泳がせ、喋り始めた。

「わたしは、赤瀬奈紺。こういう所、初めて、です。よろしく……お願いします」

「ハイよろしくー！」

言い回しは固いが、彼女から緊張は感じない。表情もぼんやりしているというか、本当にただ慣れてないだけ。不思議な感じの彼女を拍手で迎えた後、全員がビール瓶を持って掲げた。

「それじゃ、かんぱーい！」

「「「うぇーい!!」」」

総勢十名のグラスが響き、楽しい楽しい合コンが始まった。後は場の流れを見ながら切り盛りするだけ。盛り上がらないようなら、いくつか用意したイベントを挟めばいい。いつだって幹事は素直に楽しめないが、場を作る事に中沢は楽しみを見出していた。

と、幹事が心の中で腕を組んでいると、一人男が近寄ってくる。合コンの初動から同性に寄る？　と思うかもしれないが、赤瀬のように『異性に慣れてない』人間も珍しくない。まずは軽く同性と話して、エンジンをかけてから……という回りくどい奴もいるが、今回は少々事情が違った。

「貸し一つな、中沢」

軽く肘で小突いて、友人の枇々木叶が中沢に笑いかける。苦笑いと共に拝んで、グラスを合わせてからぐびりと飲み干す。危機を脱した救世主に、心からの感謝を伝えた。

「いやホントに。神様仏様叶様ってな！」

「調子のいい奴」

「語呂もいいだろ？」

「自分で言う？」

軽口を交わしてぐびりと一杯。叶は軽い調子だが、この表現は決して大袈裟じゃない。ドタキャンや予定外は、大きく信用を損ねる行為だ。目に見えなくても、いや目に見えないからこそ、取り戻すのが難しい損失である。やっと一息ついた中沢は、遠巻きに叶が連れて来た女性を見つめた。

「しかし、あれがお前の同棲相手ね。見た目は割とフツーじゃん」

「えぇと……まぁ、そうだな」

「大学じゃ渋ってたけど、原因はあれか。慣れてないからか」

「そうだな。うん。そんな感じ」

答える叶はややぎこちない。恐らくは他にも理由があるのだろう。人間誰しも秘密はあるもの。こうした舞台であれば猶更だ。

(全員が全員って訳じゃないが……出会いを求めている時点でなぁ……)

飲みの席や食事会、他人との会話を軽く求めているぐらいならまだいい。だがそもそも『自然体では付き合う異性と出会えない』場合……機会がないのか、それとも当人に何らかの問題があるかのどちらかだ。

そして厄介な事に、この手の問題児は自覚がないケースも多い。数合わせだからそういう人間でも仕方ないと踏んでいたが……赤瀬奈紺は平気そうに見える。

「んー……お酒おいしい」

「赤瀬さんだっけ？　あんまり飲まないの？」

「うん。これはちゅーはい？　唐揚げもおいしい」

「本当に慣れてないんだなぁ……今時珍しい」

しゃべり方もゆっくりとしたマイペース。滑舌も普通で、問題なく聞き取れる。この様子なら、すぐに誰かが連絡先の交換を求めてもおかしくない。いったい叶は何をためらっていたのか……俗人の中沢は邪推をぶつけた。

「あれかお前、やっぱり赤瀬さんに気があるワケ？」

「え、いや、そういうのとは違って……」

「じゃあいいじゃん。誰かとイイ関係になっても」

「う、うーん……そうなんだけど……」

「そこで渋るって事は……やっぱお前、気があるんじゃね？」

友人をからかう中沢に対し、叶の反応は煮え切らない。彼女への好意からなのか、叶しか知らない内容があるのだろうか。気になった中沢が、ちらりと赤瀬に目線をやる。ちょうど新しい料理が運ばれてきたようだ。

いくつかの揚げ物と酒類が追加される。会話もそこそこに食事も進める中、彼女は真っ先にエビフライに箸を伸ばした。

「ジュルリ……」

揚げ物は、温かい間が一番うまい。若い合コンメンバーが次々食いつく。発泡酒もすすむ中、赤瀬奈紺はバリバリと……『エビの尻尾』まで平らげていた。

「えっ……あ、あぁ。なるほど、たまにいるよなー」

「あー……」

遠巻きに見ていた中沢が、若干引いている。一般的には、エビの尻尾は残す物だろう。たまに食べる人間もいるにはいるが……赤瀬の行動は、ちょっと常識外れな所を見せ始めた。

「あ、残すの？　食べていい？」

「え……まぁいいけど」

「わーい！　いただきまぁす」

おいおい、と中沢は呆れた。誰かが残す物を食べるのは、時と場合に依《よ》るだろう。例えば身内同士での食事なら、お互いに苦手な物を交換したり、食べきれない時に残りを渡す事もあるだろう。

しかし……それを初対面の、合コンでやるのはどうなのだ？　おまけに普通の食材ではなく、揚げ物の残りの『エビの尻尾』だ。異性のあれやこれやも気にせず、マイペースと言えば聞こえもいいが……

「叶……あの子、大丈夫かねぇ？」

「ま、まぁ、慣れてないんだ。大目に見てくれ」

「それは……しゃーないか。数を埋めるために無理言った訳だし」

苦く笑う叶。連れて来た彼女はズレた人間だけど、急な事だししょうがないと中沢は割り切る。連絡先を交換しなければ、合コンの人間関係はこの場限りだ。それ以外には大きなトラブルもなく、合コンはどうにか丸く収まった。

＊＊＊

男女が五人ずつ、計十人の会は順当に盛り上がりを見せ、主催者の中沢健太郎はほっと胸を撫で下ろした。

（あぶねぇあぶねぇ、店やら周りやらの信用に関わるからな……）

主催者に必要なのは人望と信用。その二つが損なわれれば最後、誰も自分の号令で集まらなくなる。多少の出費やトラブルは起きて当然。如何《いか》に対処するか、未然に防ぐか、失敗するにしても『目に見えない部分の損失』を抑えるのがコツ。中沢はそうやって人脈を作り、後々に生きると信じていた。

「ふーっ……で、どう？　みんなメアドとか連絡先とか、交換した？」

合コンである以上、本命はそちらだ。知らない異性と話し合うのは愉しい。けれど一番の目的は出会い。これに尽きる。かくいう主催者の中沢も『男女かどうかは置いておいて、様々な人間との交流』を目的としている。

　中々デリケートなので、人によっては大っぴらに発言するのを避ける。逆に堂々と宣言する者もいる。反応や行動を見て、どこまで踏み込んだのか、誰と誰が繋がりそうか、そうした水面下での『言葉に出さない微妙な駆け引き』もまた、愉しみの一つだろう。

　ちらりと観察の目線を注ぐが、やはり叶は微妙な顔で笑っていた。隣に座る赤瀬は逆に、何を言われたのか分からないと、きょとんとした表情だ。

（なかなか変わった娘《こ》を連れて来たよなー……）

　彼女は良く分からない。垢ぬけてない田舎娘と、電波系や不思議ちゃんを足して二で割らなかったような、そうでないような……ともかく奇妙な娘だ。中沢が『彼女も合コンに』と誘った際、叶は渋っていたが無理もない。浮ついたのが嫌いとか、そういう事ではなく……もっと根本的に違うのだ。波長と言うか、住んでいる世界が。

　だから彼女は、全く空気の読めない言葉で伝える。

「交換？　は、しなかったけど……楽しかった。すごく。ご飯もおいしかった」

「お、おう。それなら良かった」

　なんという光属性。男と女が出会いを求めて、酒とメシでわいわいガヤガヤする舞台であまりに眩し過ぎる。事実彼女が愉しんでくれたのは間違いない。会話もたどたどしいと言うか、ふわふわしていると言うか、掴みどころはないのだが……棘を感じない。心から楽しんでくれたのなら、主催者として冥利に尽きる。

予期せぬ方向にほっこりしていると、そんな中沢へのご褒美だろうか？　軽く肘でつつきながら、隣の女性が意味深にウインク。彼女は、最初の欠員を埋めてくれた女性だ。確か自己紹介の時に振られたと言っていたか？

その彼女からの合図……これは即ち脈があり!?　我が世の春の予感に、内心小躍りする中沢。既にお開きの空気なので、主催者は軽く手を叩きこの場を閉めた。

会計を済ませ、何人か解散する。小躍りしたい気分の中、穴を埋めてくれた二人を見かけて中沢は呼び止める。

「叶！　あと赤瀬さん！　おかげで上手く行きそうだぜぇーっ!!　ありがとうよぅ!!」

「え、あぁ……まぁ、良かったな？」

「そういや聞いてなかったけど……お前その子と、どこで知り合ったの？」

「あー……なんて言えばいいかね……」

明言を避ける叶。話してくれそうにないので、赤瀬に聞いてみる。きっと答えてくれる……と期待したのに、目を合わせた刹那、何故か妙な寒気に襲われた。

暗い橙色の瞳が、すっと中沢の方を見つめている。いや、厳密にはその後ろに、もっと

別の何かに焦点が合っている？　原因が分からずじまいなのに、根拠のない恐怖が止まらない。

「え、えぇと……赤瀬、さん？」

「――その人はやめた方がいいよ」

「え？」

誰の事だろう。何の事だろう。まるで魔法か何かのように、彼女の言葉が脳に染みこむ。急な立ち眩みが、中沢の足元を揺らした。

倒れそうになる。動けなくなる。飲み過ぎたのか？　と考える力まで揺らぎ、倒れる直前に叶が彼女の肩を揺らした。

「奈紺、ダメだよ？」

「違うの叶。そうじゃなくて」

「う、うん？　どういう事？」

彼女が叶に気を取られた途端、全身を包む倦怠感は急に消し飛んだ。奇妙な出来事に面食らい、今度はどっと汗が噴き出す。

なんだ今のは？　赤瀬の眼を見た途端、急に考える力が鈍った。ただの不思議ちゃんだから？　違う。もっとこう根源的な何かが放射されたような……

途端中沢は怖くなった。この目の前にいる女性は——本当にここことは別の世界で暮らしているのではないか。例えば『この世の物ではないのでは』と、妙な想像と直感が働く。この女から……赤瀬奈紺から離れなければ。今すぐ逃げ出さなければ。そんな衝動が湧き上がる。先ほどまでの言動が、一気に不穏なモノへと裏返ってしまったような……

彼ら二人が話している隙に、どうにか逃げ出さなければ。中沢は言い訳を探すうちに、街中に消えていく『誘いをかけてきた女性の姿を発見する』——

「あ、悪い！　ちょっと呼ばれているんだ！　じゃあ！」

「え、お、おい中沢!?」

赤瀬からまた、怖ろしい目線が向けられている気がする。

そこから逃げ出すように、中沢は夜の闇に溶けていった……

＊＊＊

「ホント怖かったわー……なんなんだあの子?」

ここで口に出すべきじゃない。なんとなしに中沢は思うものの、感じた原始的恐怖を忘れられず女性に愚痴っていた。

彼女はその場面を目にしていない。印象は一緒に飲み食いした時で止まっている。だからおかしそうに笑って、自然に切り出した。

「怖いって、どうして？　合コンの時は、普通の不思議ちゃんだったでしょ？」

「『普通の不思議ちゃん』ってワードに矛盾を感じる！」

優しく笑う女性に中沢もつられて笑う。やっとゲットした彼女候補に、変なネガティブ・キャンペーンはよろしくない。気を取り直して話題を変え、次はどうするかを考えた。

「なぁなぁ！　交換先教えてくれない？」

「いいけど……もうちょっと飲んでからにしましょ？」

「マ!?」

夜の繁華街、合コンの終わり時刻は十時半。このお誘いが来るなら、相手の予定は空いているのだろう。勿論中沢だって空欄だ。念願の大チャンスに、少なからず浮足立つ。

今までのいくつものセッティングにより、何度も失敗してきたが……遂に報われる時が来たのだ。酔いもあるのか、気分が良いからか、適当に女性と話しながら街中を歩く。合コンの時より少し踏み込んで、ややニッチな趣味についてとか、色々な事を聞き出したり話したり。

「いやーホント！　楽しいっすねぇ!!　初対面なのが信じられない！」

何気なく中沢が発言すると、途端に相手の顔色が「すっ」と冷えた。急激に変わった態度に違和感を覚え、彼は首を傾げる。

「あれ？　オレなんか変な事言いましたっけ？」

「…………………」

「あ、あの……？　黙らないで欲しいっすよ。色々愉しく喋りましょ？」

「…………………」

突然の沈黙。無言でこちらを見つめていた彼女は、強引に中沢の手を引いて何処《どこ》かへと走る。心臓が高鳴るが、ときめきと期待以上に、何か不穏な空気を感じずにはいられない。

(え？　え？　オレなんか空気読めない事言った!?)

改めて、目の前の女性について考える中沢。発言も見直すが、どこもおかしな所などない。合コンで初対面な事なんざ、よくある事じゃないか……？

女性はどんどん進んでいく。一応はついていくものの、街から離れていくのは分かった。

彼女について、中沢は考えた。まずはここに至るまでの経緯から。

最初は十人で合コンの予定で、中沢はソレをセッティング。ところが急遽三名が参加を辞退。予定が入ってしまったと連絡が入り、友人の叶と赤瀬を誘った。

その前に一人、穴埋めをすると連絡をくれたのが……今、中沢の手を引いている女性である。初対面の彼女と仲良くなって、それで――と考えて、明らかにおかしな事に気が付いた。

（あ、あれ……？　なんでオレ、コイツと初対面なのに連絡取れている訳!?）

今時、顔を合わせないまま連絡を取る事は珍しくはない。が、今回のセッティングはすべて『中沢の知った顔』である。主催者たる彼が舞台を用意したのだから、人員の選定も中沢一人だ。

「急遽やめる」と言った人間から、埋め合わせで紹介されたなら分かる。が、確か中沢の知人リストの中から、彼女が「今日は空いている」と、連絡を取ってきたはず。――全く知らない筈なのに。

それは致命的な矛盾だった。引っ張る手に恐怖を覚えた。おかしい。今回のセッティングにおいては『中沢にとっての初対面は、叶の同居人だけ』の筈なのだ。最低でも、ネット上で何度か話してから会に呼ぶ。空気の読めなそうな人員は、ネットでの対話段階で弾いている。だから……完全な初対面なんて、あり得ない。

「な、なぁ、なんだよアンタ……」

答えは、ない。夜の闇は深まって、女の後ろ姿はただただ不気味に見えた。少し怖くなって、手を振りほどこうとするが……華奢《きゃしゃ》な身体に似合わぬ力で掴まれ、逃れられない。

半分引きずられるようにして、どんどん街から遠ざかっていく……

「おい！　おい！　何処に連れていく気だよ!?」

女は答えない。聞こえてくるのは川のせせらぎ。駅から離れた大きな川が、暗闇の中でごうごうと音を立てていた。

「…………………」

女は何も言わない。ただただ手を引いて河川敷へ、その奥に流れる暗闇へ引きずり込もうとする。すっかり酔いも醒めてしまい、中沢は危険を察し強くもがいた。

「やめろ……やめろ！　早く離せって！　何する気だよ!?　えぇ!?」

女の手は離れない。中沢が踏ん張っても、それ以上の——一体どこにそんな力があるのか知らないが——ずりずりと引きずられてしまう。恐怖のあまりに両手を使うが、それでもまだ振り払えない。こんな事はしたくなかったが……激しい動転が過激な行動を生んだ。

「離せっつってんだろ!!」

無事な片手で、中沢は女の首筋に手刀《しゅとう》をぶつける。いきなりグーで殴るような事は出来ず、せいぜいチョップが限界。力ずくの抗議を受けて、女は立ち止まり不気味に振り向く。

動けない人形が、無理やり動こうとするように……『ギギギ』と固い関節を動かして振り向く女。その姿はもう、マトモな人のソレではない。

「ひっ……!?」

口が顎の奥まで裂け、鮫やピラニアを思わせる歯が並ぶ。両目は水膨れて飛び出し、髪の毛は不気味に伸びながら抜けていく……

「ケケケケッ……」

笑った。確かにソイツは笑った。人の形をしたソイツは嗤《わら》った。ソイツは間違いなく、人間ではなかった――

叶の同居人の言葉が、今更になって思い起こされる。

「その人はやめた方がいいよ」とは、こういう事だったのか。

闇に、川に、このまま引きずり込まれてしまう。この世ならざるソイツと目を合わせ、恐怖のあまり腰が抜けてしまう。近づく川、大きくなる笑い声。いよいよこれまでと感じたその時――

酷く不快な、虫の羽音が聞こえた。

女の形をした化け物に、川へ引きずり込まれそうになる中沢。ただでさえ嫌な時に、その羽音はますます気味悪く感じる。それもハエや蚊じゃない。大型の蜂《はち》が一匹、真っ直ぐこちらに向かって飛んでくるではないか。

こんな時に勘弁してくれ！　文字通りの『泣きっ面に蜂』の場面に、中沢は変な声を上げて笑ってしまった。

その蜂が二人の周囲を旋回し始めると、口が裂けた不気味な女は足を止めた。明らかに警戒している。人知の及ばぬ何かが、たかだか一匹の蟲《むし》ごときに唸り声を上げた。

「グギギギギギィィイイイッ〜〜ッ!!」

超音波めいた金切り声で、女は蜂を威嚇する。あんなに振り払えなかった手をあっさりと放し、隠していた異形の気配を前面に押し出す。蜂も蜂で、強い意志を持って牽制しているように思える。何が何だか分からないが、離れなければと中沢は駆けだした。

「ギイィイアアッァアアアッ!!」

「ひぃいいぃいぃっ!!」

すぐさま女は気が付いた。獲物を逃がすまいと吠え、全力で中沢へと迫りくる。後ろを振り向かず必死に河川敷を走った。

ともかく川だ。川から離れなければならない。あの人型は恐らく、河原で無理心中を狙っている。なんとなしだが、確信を持てた。

しかし奴は速い。強引に腕を引いて、全く振りほどけない怪力持ちだ。追いつかれてしまうと思った矢先に、背後から大きな悲鳴が聞こえた。

「ギビャアアァアアアアッ!!」

走りつつ振り返ると、女は巨大な蜂に刺されていた。しつこく纏《まと》わりつきながら、蜂は何度も女を突き刺す。何か異常な事態が起きている。それだけを理解して、中沢はひたすら走り続けた。

けれど女も諦めない。蜂を素手で捕らえると、地面に叩きつけて追跡を再開。若い男は振り向かず、恐ろしい人型から逃走を図《はか》る。

どこへどうとは決められない。まずは人の気配のある場所に行かなければ。先ほどまでいた繁華街に行けば、化け物も堂々とは襲えまい。

全力疾走を続けるが、暗闇に足を取られてしまう。コンクリートの地面で受け身に失敗し、身体を強打してしまった。

幸い頭部は打たなかったが……衝撃で神経が歪み、上手く立ち上がる事が出来ない。ちらりと見た女の顔面は、虫刺されで膨れ上がらせ、醜悪な姿がますます酷くなる。怒りに身を任せた女が、また手を引こうとする刹那——複数の蟲の群れが、女の化け物へ襲い掛かった。

「う、うわあああぁぁっ!?」

「ギギギイイイィィイイッ!!」

その蟲に、統一性は一切なかった。

最初にこの女を足止めした蜂もいるが——それだけじゃない。一回り二回り小さい蜂も群れを作り、次々と毒針と顎で襲い掛かった。羽ばたく蛾《が》もまとわりついて、毒のトゲと鱗粉《りんぷん》をまき散らしている。現実離れした光景に固まる中沢。どうにか立ち上がり、毒虫の群れから遠ざかろうと後ずさると、中沢の手に誰かの身体に触れた。

接触した誰かは……怯え竦む彼に淡々と、けれどいたわりを含んだ声色で囁《ささや》いた。

「だいじょう……ぶ？」

「うわぁあっ!?」

声を掛けられただけで、なんと情けない事か。異常な光景、怪異の気配に精神は張り詰めており、害意の無い対応でも怯えてしまう。首を傾げる彼女を見て、やっと中沢は名前を呼んだ。

「え、あ……た、確か赤瀬さん？」

「うん。わたしは赤瀬。だいじょうぶ？」

「あ、あぁ……い、いやそうじゃない！　早く離れよう！　なんだか分かんねぇけど、アレから逃げないと……」

「逃げる？　なんで？　あんな弱いのに？」

「え？」

ロングスカートを地面に引きずり、彼女は人ならざる女に寄っていく。無数の蟲にたかられたソイツは、今はさらに恐ろしい状態になっていた。

羽虫系の毒虫はもちろん、ムカデに蜘蛛《くも》、小型の蛇や他の爬虫類も絡みついていた。声は上げているけれど、最初に比べて随分と弱々しい。身の毛のよだつ光景を、赤瀬はじっと見つめている……

呆然と眺めていると、赤瀬も異常な事に気が付いた。

――衣服の袖がダラリと下がって、風に揺れている……

「――え？」

まるで小さな子供が遊ぶように、長袖がだらりと下がっている。強引に縮めたり、隠したり……そんな幼稚なトリックじゃない。文字通り赤瀬の肩から下が――手の部分が、完全に消えてなくなっていた。

一つの異常が目につくと、他の疑問も次々湧いて出る。例えば……この光景を目にした赤瀬は、反応が酷く淡白なのだ。男の中沢でさえ、あの蟲の群れは強い嫌悪感がする。女性であればなおの事、毒虫の群れは悲鳴を上げるのでは？　ましてや化け物とはいえ――人型に次々と絡みついて、襲い掛かる光景なのに……？

「なんで……なんで？　どうして？　平気なのか!?」

——彼女は何も答えない。彼女は決して振り返らない。風に揺れる両手の袖と、この光景を直視して冷静な赤瀬に、脅威から逃げ切れた安堵は吹き飛んだ。

気配がするのだ。別れる前の、あの眼光を思い出すのだ。

今の彼女の気配は——『自分の手を引いて、川に引き込もうとした怪異の気配と変わらない』——！

蟲達は容赦なく怪異にまとわりつき、あの女はどんどん弱っていく。その姿を見据える赤瀬の存在に、中沢は驚愕と恐怖で目が離せない。一方の赤瀬は、全く動じていなかった。

「そろそろ、もう動けない」

無数の毒虫で取り囲んだ、女型の異形を見下ろす彼女。明らかに人ではない彼女にとって、腕の有無など些細らしい。女の形の怪異は小さく痙攣《けいれん》するばかり。完全に潰したと判断した彼女は……腕の無い身体で振り返り、少し険を解き中沢に問うた。

「——大丈夫？」

「え、あ……あぁ……うん。なんとか」

「ん。良かった」

中沢の恐怖は抜けそうにない。今も蠢《うごめ》く毒虫達は、何の容赦もしない。それこそ虫けら扱いで、赤瀬はそんな事より中沢を案じている。

まだ不安も恐怖も大きいが……彼なりに『助けられた』事実を飲み込み、中沢は蟲の群れの中心、彼を水底に招こうとした奴を指して質問した。

「ア、アイツは何なの？　オレに何する気だったんだ？」

「ん……亡霊かな。やろうとしたのは、心中。多分、あなたが初めてじゃ、ない」

「心中って……初対面だぞ。オレは！　一緒に死ぬなんて……」

「誰でもいいの、あの人。自分の事、曖昧にしか覚えてない。死んだ事も、忘れている。川に飛び込んで、死んで。一緒に死んでくれる誰かが欲しい。何度も同じこと、やってるけど……ちゃんと覚えていられないから、繰り返している。それがおかしいって事にも、気が付いてない。意識が有るから、死んでないと勘違い。なんだっけ？　認知症とかが近いかも」

「……」

入水自殺を……いや、無理心中を繰り返す幽霊……か。

共に死ぬ相手は誰でも良い。良いと思いつつも、実行したことを記憶出来ない。だから何度も、無意味に誰かを引きずり込んで殺している？　危うく今宵の犠牲者になる所だった中沢は、青ざめてスマホを彼女に見せた。

「待ってくれ、じゃあこの……スマホで連絡してきたのは、そういうつもりで……？」

「――うん。多分そう。出会いが欲しいのは、生きた人間だけじゃないよ？」

「で、でも！　幽霊がスマホの使い方なんて、分かるわけが……」

「ソレをたくさん使っていた人が死ねば、使えるよ？」

「あ……」

幽霊は、生前の情報をある程度引き継ぐ。奈紺の言葉で理解し、ぞっと青ざめてツールを取り落とした。

とんでもない所と繋がってしまった事実に、中沢の顔色は土気色に近い。ショックで固まる彼に対して、奈紺は「ごめんね」としゃがみ、スマホを手で拾おうとする。けど残念ながら腕がないので、そっと足で寄せる事しかできなかった。

「本当は……合コンの時から、わたし側な事、分かってた。悪い事しないなら、見逃すつもりだった」

「……そ、そっか」

「でも、あなたを襲った。だからこれから……あのお化け、食べるね」

「――……え？」

安心させるように奈紺は笑うが、完全に逆効果。それを理解できたのは、中沢が息を呑んでから。僅かに悲しそうに、寂しそうな表情を覗かせてから、ゆっくりと怪異側へ、赤瀬奈紺が歩み寄る。

足を進める先、中沢を襲った霊は虫の息だ。方法はよく分からないが、奈紺の攻撃によって悪霊は衰弱している。無表情の奈紺が歩み寄ると、一斉に蟲の群れは引いて――大量の噛み痕の残る身体を見せつけた。

水ぶくれに、蟲の顎で噛まれた痕。見るからに痛々しい傷だらけの身体を見て、赤瀬奈紺は――ぺろりと舌を舐めた。隠し切れない本性が牙を疼かせ、貪る前に人間の礼儀を真似る。怯え切った中沢に対して、背中を見せたまま気遣いを見せた。

「怖いなら……見てなくていいよ」

「えっ……？」

「後ろを向いて、目を閉じてていいよ。多分……怖い、んだよね？」

「…………」

素直に「そうだ」と言えず、重苦しい沈黙を返すしかない。「……悪い」とだけ呟くと、中沢は素直に従った。彼が視線を逸らした所で、改めて彼女は、赤瀬奈紺は、正真正銘の怪異はこう言った。

「いただき……まぁ～す」

食べるとは、どういう意味なのだ？　退治するとか、お清《きよ》めをするとか、成仏させるとか——そうしたやり方を想像していた中沢は、発言を正しく理解できない。唯一理解できたのは……これから行われる行為は、中沢が見れば正気を保てなくなる。そんな予感があった。

聞こえるのは、何かを飲み込むような音。何らかの巨体が蠢く音。咀嚼《そしゃく》音とも違う……想像しようとして、中沢の理性がブレーキをかけた。

「は、はははは…………なんだよ、これ？」

正直意識が飛んでしまいそうだった。ただでさえ異常を感じ、危うく入水自殺、いや無理心中か？　ともかく死にかけた所に、化け物同士の殺し合いと接触すれば、頭がおかしくなりそうだ。

けぷ、と彼女の本体が小さくゲップした。休み終えた所で、本体はするすると赤瀬奈紺の身体へと戻っていったらしい。一瞬気配が近寄り、何かをズルズルと引きずる音がしたが、振り向けるはずもない。しばらく縮こまっていると、彼女の方から声をかけた。

「終わったよ。もう大丈夫」

「そ、そそそそ、そうか……あははは……」

今いるこの場所は、果たしてこの世なのだろうか？　街の明かりが遠く見えて、歩道に腰を抜かす中沢。怯えながら振り返り、見つめる奈紺の表情は……闇に紛れて良く見えない。ただその正体を知っていると、夜よりも深い闇を感じずにいられない。

まだ足が震えている。さっきまで楽しく合コンに参加していた男が、こんな異常事態に参加すれば無理もない。腰が抜けたまま呆然と、人の皮を被った怪異を凝視する。顔を合わせた赤瀬奈紺の表情は……何故か妙に寂しげに見えた。

その瞬間だけ、確かに人間味のある表情な気がした。根拠のない感想だけど、不思議と核心をついているように思えて――

妙な方向に思考が向かう中、中沢は肩を揺すられた。思わずびっくりして飛び上がりそうになるけれど――声を聞いてやっと彼は安堵した。

「叶!? オ、オレ……」

「中沢……！　良かった。無事か!?」

今にも泣きそうな顔だけど、大の男が……と言うのは酷だろう。いくら屈強な男だろうが、相手が怪異では歯が立たない。一方の叶も、激しく息を切らしていた。どうやら全力で探してくれたらしい。すっかり正気を削られた中沢だが、友人の登場で気持ちが落ち着いたかのように見えた。が、一度冷静になり頭が回ると……異常を認識した脳が、友人に対し現状の説明を求める。枇々木叶は、赤瀬奈紺の正体を知っているのか？

「何だよ……なんなんだよこれ!?　あの女もそうだけど……お前の同居人も普通じゃな

い！」

「落ち着け……って言っても、無理だよな。最初は」

「ちょ、ちょっと待てよ叶！　お前……!?」

「最初奈紺と出会った時も……色々あってさ。人じゃない事は、知っている」

「……」

『色々』の内訳は分からないが、心霊現象な事は間違いない。普通の人間ではない事を知っていたから、叶は合コンに出す事を渋っていたのか。納得が行く半面、同時に疑問も思い浮かぶ。叶は——赤瀬奈紺の『本体』を知っているのか？

不安げな瞳で疑惑を問う中沢へ、叶は曖昧に答えた。

「どうしてそうなったのかはよく分からない。ちょっと、トラウマも抱えているみたいで……あんまり根掘り葉掘り聞くのは遠慮してる」

「それで大丈夫なのかよ!?」

「悪い子じゃないよ。けどまぁ……力に関しては、結構強い方らしい」

「お前自分が何を言っているか分かってる!?　全体的にふわふわしていて、かなり危なっかしいぞ!?」

「——万が一が無いように、郷土研究室の教授の助言も受けてるから」

「あぁあの……オカルトも専門な教授か。なら大丈夫……かね」

オカルト界隈の話は、知らない人間は全く知らない。科学の発展した現代において、魔術や心霊話は根拠のない噂や、創作物の中の話と割り切る人も多い。

そんな現代においても……『その道』に通じる人間はいる。中沢は情報通な事もあり、叶の言い分で納得したようだ。

「細かい事は分からないけど、あの子は結構酷い目に遭っているみたいでさ。独りでいるのを嫌がっている。だから、まぁ、俺が傍に」

「……」

「話を聞く限りだけど……本人は、望んでそうなった訳じゃない。望んで化け物になったんじゃない。ああいう風にしか、生きられなかった。生きる方法が無かった。多分、嘘じゃない」

「………それが本当だとしても、良くやるよ。お前」

赤瀬奈紺は人間ではない。明確なのはそれだけだが、相応の力を持っているらしい。現に彼女は、中沢を殺そうとした亡霊をあっさり撃退している。弱いとまで、明言している。

どこまで叶は知っているのだろう？　正体を知った上で、傍に置くのは命知らずに思える。分かりやすい化け物以上に、枇々木叶もイかれているのでは？　恐らくはこの場において、最も普通の人間の中沢はそう思った。

異常と異質まみれの世界で、正真正銘の怪異が笑う。普通の人間のような動作で振り向く女性に、叶も彼女を労《ねぎら》った。

「……お疲れ様。奈紺」

「ん……胃もたれしそう」

彼女にとって、悪霊を喰う事は朝飯前……なのだろう。食べ過ぎた時の表情を作る赤瀬奈紺。合コンの後もあって、腹八分目を超えたのか？　その場で軽く息を整えると、彼女はゆっくり中沢の目を覗き込んだ。

「中沢さん……だっけ？」

「あぁ、うん。そう。オレは中沢だ」

「だいじょうぶ？　怪我、してない？　呪われては無いみたいだけど……」

「え、えぇ……？　ちょっと、腰が抜けたぐらいで……落ち着いてくれれば、大丈夫。歩けると思う」

「そっか……良かった」

暗い橙色の瞳が細められ、そっと微笑んだ。先ほどの脅威が嘘のように消え、穏やかな表情に思える。怪異と知った直後では、同じ人物、同じ存在と認識できない。あまりの落差に脳の処理が追い付かず、そんな中沢に奈紺は戸惑いを見せた。

「本当に、だいじょうぶ？」

「いや、まぁ……こういう出来事初めてでさぁ！　ネット越しにお化けと繋がるとか初めてで……」

「初めて……うん。じゃあびっくりするよね」

「そういう赤瀬さんは大丈夫なのか？」

「？　全然普通だよ？」

「ははは……そっか。この子にとっちゃなんて事無いのか……」

幽霊やら呪いやらの『ランク』は分からないが……奈紺にとっては、さっきの幽霊は雑魚同然。中沢目線じゃ幽霊も恐怖の対象だけど、奈紺はそれを上回る怪異に違いない。同族側であるのだから、彼女にとって恐怖でも何でもない……のか。

ショックが抜けきらない中沢に対し、叶がさりげなく肩を貸す。何とか立ち上がるが、その時耳元でツッコミを入れられた。

「なぁ中沢……心霊体験は初めてじゃないだろ？」

「え？　そうだっけ？」

「ほら、だいぶ前に……有名どころから、電話がかかって来たって」

「あー……そういやあった！　確かにあった！　でもほら！　上手い事やり過ごしたから、言われるまで忘れてたっつーか……」

実は中沢は、オカルトとの対面が初めてではない。しかし大きな事態になる前にやり過ごしたため、印象に残らず頭から抜けていた。記憶を掘り下げる間に、赤瀬奈紺も近寄って来る。どうやら叶の真似をして、肩を貸すつもりのようだ。

「い、いや！　赤瀬さん！　そっち側は大丈夫だから！」

「そうなの？　本当に大丈夫？」

「えぇと、あー……アレだ！　こういうのは男同士だから良いっつーか、女の人がベタベタ触るのはよろしくないっつーか……」

「そうなんだ……へー……」

中沢の本音としては、まだまだ奈紺を信用しきれない。幽霊を捕食した後では、その反応もやむ無しだろう。ちらりと叶を見つめると、友人に苦みの強い笑みを返す。街中の光を見つめると、彼らはそちらに向かって歩み始めた。

「早い所明るい場所に行こう。んで今日はさっさと帰って、ぐっすり寝るとするか……」

「ん……怖かった？」

「そりゃあもちろん……！　あ、いや、赤瀬さんの事じゃナイデスヨ!?」

「無理しなくていいよ？　でも……もし良いなら、またご飯、一緒に食べたい」

「ん？　ん？　どういう事？」

叶は柔らかく苦笑した。奈紺が中沢を助けた一番の動機は、今日の合コンなのだから笑ってしまう。一見冗談めいた本音を、つらつらと話した。

「だって、色んな人の話を聞きながら、ご飯食べるの、初めて。楽しかった」

「へ、へぇー……」

「お店のご飯も、初めて。だからあなたに、ひどい目に遭って欲しくなかった。わたしが食べたお化けも……愉しんでくれただけなら、良かったのに」

「…………」

奈紺は、最初から正体を知っていた。知った上で合コン中は口を出さず、見逃していたのだ。何もしなければ、何事もなければ、今回襲い掛かった幽霊を見逃したのだろう。

けれどよりにもよって……あの幽霊が手を出したのは、合コンの主催者にして叶の友人だ。出来れば穏便に済ませたかったが、人違いの無理心中は看過できない。彼女の気遣いも虚しく、幽霊は強引に中沢を水底に引きずり込もうとした。だから……最終的に彼女が、幽霊を捕食した。今回の出来事をまとめるなら、そんな所だろう。

「その、言い忘れていたけど……ありがとう。助かった」

「ん。どういたしまして」

冷静になって、やっと『助けられた』実感を持って中沢はお礼を言った。感情の起伏の薄い奈紺でも、ちゃんと目を合わせて気持ちを受け止めた。

その正体こそ恐ろしいが……正体を知らなければ『ちょっとズレた所もある不思議ちゃん』で通る。普通の人間として振る舞う事も、できない訳じゃない。

叶がこの子を拾った理由が、分かった気もする。人外ではあるものの、恐らく悪い奴ではあるまい。ちょっとずつ恐怖が抜けて来たのか、中沢は軽い調子で話しかけた。

「なら……今度空いた日に、なんか食べに行く?」

「それは楽しい?」

「あぁ! そりゃ勿論! そうだ、確かもうすぐ学園祭だったじゃん? そん時に奢るぜ。もちろん叶もな!」

「あー……その発言、後悔しない?」

「どういうこと?」

何の事か分からず、首を傾げる中沢。返事を聞く前に、目を輝かせる赤瀬奈紺がグイグイ迫った。さっきの事もあり、僅かに後ずさるが、全く気にせず彼女は宣《のたま》った。

「ジュルリ……いいの?」

「えっ、ははは……なぁ叶、この子もしかして腹ペコキャラ？」

「……割と何でもおいしい、おいしいって食べてくれる子だよ」

「財布が空になるのも覚悟せんとな……」

先ほどまでと違う恐怖が、中沢の心に湧いて出た。学生の身分で、大量出費は勘弁してほしい。苦笑いする青年二人に対して、赤瀬奈紺はよく分からないと首を傾げていた。

「どうしたの？　大丈夫？　やっぱり手伝う？」

「え、あぁ、大丈夫。本当に大丈夫だから！　ありがと、な」

「ん。そっか」

声色は優しく、中沢を気遣うモノ。色々と予想外と混乱が起きたけど、犠牲者は出ていない。影響があるとすれば……この世から一体、無理心中を図る亡霊が消えたぐらいだろう。やっと正気を取り戻しつつある中沢を見て、枇々木叶が進路を変えた。

「さ、早くこんな辛気臭い所から離れよう。また別の何かが出てきても困るし」

「脅かすなよ！　シャレにならねぇって！」

「大丈夫。わたしが全部やっつけるから」

「お、おぅ……」

どう答えればいいか分からないが……自分達を襲う気がないのは、はっきり分かる。叶はすっかり慣れているのか、すぐに赤瀬奈紺と中沢の間に入って取り持った。

　暗闇はまだ深いが、ここからなら簡単に街へ戻れる。物の怪が巣食う闇を振り払い、日常が溢れる街灯を目指す。

　あれほど恐ろしかった闇も、引きずり込まれそうに聞こえた川のせせらぎも、一つの異形が消えただけで、いつも通りの雑音に感じる。高架を走る電車の音。土手を照らす車両のヘッドライト。遠巻きに聞こえる誰かの話し声……こんなに傍にあったのに、亡霊がすべて塗りつぶしていたのだろうか。

「やっと……帰って来たんだな」

「?」

　変わらない筈の景色、いつも感じていたソレが、深い安堵をもたらしてくれる。無理やり引き込まれた非日常から脱出し、中沢がほっと肩を撫で下ろす。

　隣の女性は首を傾げて、友人の叶は実感のある頷きを返す。奈紺と同居中らしいし、きっと彼にも何かあったのだろう。

　今すぐに聞いてもいいが……正直言って中沢は疲れた。なので、軽い調子で締めることにした。

「色々あったけど……無事に生きて帰れたから、ヨシ！」

「それ死亡フラグじゃ？」

「どうして……で、合ってる？」

「おっ、赤瀬さん知ってるねぇ！」

下らない事を言い合いながら、三人は街の方へと歩いていく。

明るく騒がしい街の中へ、現代の日常の中へと戻っていった。

＊＊＊

「今日は大変だったね、叶」

「本当だよ。巻き込まれたとはいえ……奈紺も大変だったでしょ？」

思った以上に帰宅までが延びた。終電ギリギリの電車に乗り、二人は夜道を歩いて借宿を目指す。心細い電灯が照らす道だけど、叶の心に恐れは無かった。

隣にいる彼女……赤瀬奈紺のお蔭だ。詳しくは叶も知らないが、彼女は相当強いようだ。けれど怪異と関わっていなければ、普通の女性と変わらない。終わってみれば中沢も、彼女の事を受け入れてくれたと思う。

何より喜ばしいのは、奈紺本人も楽しんでくれた事。合コンに出るまで不安は大きかったが、人数合わせで出た合コンは……意外と奈紺も楽しんでくれた。

「お酒おいしかった。ご飯も大満足」

「そっか……良かった」

たどたどしい喋り方は、人間でないからこそ。けれど合コンの席では、慣れてない感が逆にウケたようだ。本気になる相手はいないが、飲み食いしながら喋るに丁度良い相手だった……のだろう。奈紺も最初からその気が無いので、色んな意味でちょうど良い距離感で終われた。最後の怪異と遭遇しなければ、もう少し穏やかな気分で帰れたかもしれない。

「あの幽霊……やっぱり悪霊?」

「ん……多分。でも食べた時、そんなに濃くなかった。殺したの、十人も行ってない」

「でも……何人か殺したなら、悪い霊じゃない?」

「そうだね。それに、きっと同じことを繰り返し続ける。誰かに倒されるか、成仏するまで」

幽霊や悪霊の類は、自分の死に気づいていないケースがある。今回中沢を水に引き込もうとした奴も、その手の輩《やから》か。

あのまま放置すれば、中沢が犠牲者になったかもしれない。すぐに奈紺が動いてくれたから大事にならずに済んだ。改めて感謝しようとした時、彼女は少し浮かない顔をする。

「でもね叶……わたしも、悪いモノだよ？」

「それは……そうかもだけど、こうして話し合えるじゃないか。アイツみたいに、話が通じないような奴じゃ……」

「……どうだろうね？」

ちらりと叶は、彼女の横顔を窺う。外灯や通り過ぎる車の光が、時々照らすけれど、細かく見ることが出来ない。闇はいつだって、この世ならざる化生《けしょう》を彩る物。彼女の正体を知っていれば、胸に湧く恐怖は隠せない。

それでも、と叶は思う。

彼女は彼女だ。赤瀬奈紺として、人の世で生きて行けるのではないか？　現に合コンを楽しみ、中沢を傷つけようとした霊を倒した。今日一日の行動を見るなら、彼女は何も悪い事をしていない。そう思う。

共存は出来る。一緒に生きていくことも。何よりその横顔が、最初に出会った時のような寂しさと悲しみを抱いていて……その顔を見るのが辛かった。

「大丈夫だよ奈紺。君は……君が思うほど、悪い奴じゃない」

「そうかな」

「そうだよ」

「そうなら……いいな」
彼女は……奈紺は、自分が怪物な事を知っている。自分が怖ろしいモノな事を知ってい
る。異形な事を知っていて……その性《さが》は容易に治療出来ない事も、知っていた。
人の心も完全に未成熟。肉体も借りモノと奈紺は言っていた気がする。この名前でさえ、
叶と出会ってから決めたモノ。人としての経験は、これから積んでいくしかない。
でも……叶は思う。決してそれは、不可能な道じゃない。酒を飲み、お喋りして、知人
に不幸が訪れそうになれば、助けに入る。まだまだ荒削りな所もあるけど、彼女は……人
間になれる。その可能性を感じていた。
それに今日の合コンで……奈紺は酒がイケるクチと分かった。今までは人としての生活
を教える事が多く、酒を買って帰る余裕は無かった。合コンが終わり、幽霊を喰った後で
も、奈紺は全く酔っぱらっていない。浮かべる笑顔もシラフのままだ。
暗くしんみりした空気の中で、二人は借宿へ帰って来る。荷物を置き、就寝の準備にか
かる中、叶は明るい声で言ってみた。
「毎回は無理だけどさ、たまにお酒買ってこようか？」
「いいの？」
「いいよ。今なら安い奴があるし」

「ホント!?　じゃあわたし、しゅわしゅわの奴がいい！」

「そっか。なら今度、家で飲もうか」

「うん！」

ころころと綺麗な声で、楽しそうな声を上げる奈紺。声量がやや大きかったので、指を立てて注意する。朗らかに彼女も笑って、同じような動作で声をひそめた。

もう深夜だ。日にちを跨《また》いでいるので、騒げば隣の迷惑になる。風呂は朝起きてから入るとして、このまま寝具に飛び込むのは躊躇《ためら》われた。食後に激しく運動もしたし、体の一部が酒臭い。奈紺に伝え指示を出したが、それが非常に不味《まず》かった。

「ん。着替えるの？　分かった」

「奈紺ーっ!?　ストップストップ！　俺の前はダメって何度も……！」

何の躊躇《ちゅうちょ》もなく衣服に手をかけ脱ぎ始める彼女。慌てて叶は制止をかけるが、奈紺は上を脱いだ所で、ぼんやりと首を傾げつつ口にする。

「？　だって着替えるんでしょ？　叶も脱いで？」

「いや、まぁ、着替えるけど、そういう事じゃないから！　頼むから恥じらいを持ってくれ！」

「ん……ごめんね叶。わたしそれ、よく分かんない」

「分からなくてもいいから……ともかく、男と女が一緒に脱ぐのは色々とマズいの！」

「……人間って変なの」

幸い下着は着用しているものの……肌を無防備に見せつけるのはやめて欲しい。こうした場面で、人との感覚の違いを見せつけられる。

元々が動物的、生物的なモノであるからか……人間特有の羞恥を奈紺は持ち合わせていない。衣服の着用も人の特性であるからして、覚えさせるだけでも一苦労だった。ここまで来ただけでも十分進歩なのだが……

目のやり場に困った叶は、そそくさと脱衣所に逃げ込んだ。普通逆だと思うが、奈紺が理解していないのだから仕方ない。顔が赤くなるのを感じた叶だが……さらなる試練を予感し、ため息をはいた。

叶が寝巻に着替え終えると、奈紺ももちろん終わっている。そのまま寝具も用意してくれたのはありがたいが……彼女と目を合わせて、叶は申し訳なさそうに提案する。

「奈紺……今日、一緒に寝るのはちょっと……」

「えっ!?　ダメなの!?」

「だ、だって……身体洗ってないし、酒臭いし……嫌じゃない？」

「暗闇で、一人の方がヤダ！」

「う、うーん……」

赤瀬奈紺の意外な欠点。人型となった彼女は、一人で眠りたくないらしい。この生活になってから、彼女は同衾《どうきん》を求めてくるのだ。

正直、ちょっと役得と言うか、色々と感じる事も多いのだけど……本当に彼女は苦手らしい。酒が入って汗臭い身体でも、それより嫌がるのは『一人で寝る事』の方らしい。

「や、やだよ。一緒に寝て？」

「………困ったな」

思ったより長くなった一日は、最後まで少し騒がしい。何とか拒もうとしたものの、結局押し切られてしまい……奈紺と叶は、一つの布団で眠りについた。

叶の寝つきが悪かったのは、言うまでもない。

幕章　実験体の記憶

『それ』の記憶は、あまり思い出したくないモノで埋め尽くされていた。

いつから心を持ったのか、心なんてモノが無い方が良かったのか、それさえ分からない。

「殺し合え、殺し合え、お前達が最後の一人になるまで、殺し合え」

嫌悪感の強い声。誰のかは分からない。この状況を作った黒幕だろうか？　どこから響いているのかも、どうしてこんな場所にいるのかも不明。真っ暗な闇の中で、自分を含む無数の気配が押し込められている。

正確な密度は分からないが、少し動けばぶつかってしまいそうだ。どうにか闇に眼を凝らした所で、奇妙な照明が辺りを包んだ。

どこか禍々《まがまが》しさを感じる、血のような赤い照明……色合いが刺激的に過ぎるが、何とか互いの姿が見える。数は百を超えているだろうか？　何の関連性もない者達だが、一つの共通点が全員を緊迫させた。

詰め込まれた者達は——物騒な武器を持っていた。互いに互いを殺し得る——殺傷力の高い武器を。形状や性質こそ異なるが、それでも危険な事には違いない。

「殺し合え、殺し合え、お前達が最後の一人になるまで、殺し合え」

何者かの声が響く。重苦しく唆すような声が。従う義理など無いのだが、何故だかそうした方が良い気がしてくる。そうすべきな気がしてくる。自分達が持つ武器で、近くにいる相手を殺した方が良い気がしてくるのだ。

この赤い照明も、どことなく気を昂《たかぶ》らせる。窮屈な空間なのと、定期的に流れる声も相まって……本当に殺し合いが始まるまで、さほど時間はかからなかった。

激しい戦いになった。血で血を洗い、殺し殺されるバトルロワイアル。何故だどうしてと喚《わめ》く事も出来ず、理不尽な殺戮《さつりく》に誰もが手を染めた。

太陽も月も昇らない。故に時間の感覚も全然分からない。一人、また一人と死んでいく中で、それでも生命は生きようとしていた。暗く赤い光の中、長く続いた殺し合い。最終的には、一つの生命だけが辛うじて生き残っていた。

自らを脅かす敵が全滅し、襲撃される危険はない。だが救いの手は遠そうだ。華やかなファンファーレもならなければ、堂々と黒幕が出てきて救済する事もない。しばらくは死体を眺めていた生命だが、時間が経つにつれ腹が減った。

他に手段はない。死体を喰うしかない。殺し合った相手を、自らの血肉にするしかない……後半は腐敗も進み始めていたし、生き延びる方法は他にない。出口も見つけられない闇の中、心身共に疲弊しきった身体を闇に横たえた。

疲れ果て、衰弱の進むその生命に……救いの手が伸びたのは数日後。生存を諦めかけたその時、赤い光の部屋の一角が、白い光に照らされた。

そちらを見ると、いつの間にか一か所穴が開いていた。こちらに移動しろと言う事だろうか？　扉にも見える入口の方へ、警戒しながら進んでいく。

進むと、小さな部屋があった。来た道は閉じられたが、それに気が付いたのは後だった。何せ清潔な布の寝床に、ちゃんとした食料。清潔な水も飲み放題の設備が用意されていたのだから。

敵のいない場所。争いのない場所。食料に悩まされない場所。安心して眠れる場所……密閉空間での殺し合いの後で、手にした安息の地。疲れ果てた身体を横たえ、やっと深い眠りにつく。

――遠巻きに見つめる黒幕は、そっと呟いた。

「ここの生き残りは、コイツ。次の準備……しないと」

眠りにつく者は知らない。

――悪夢は、まだ終わっていない事を。

第二章　学園祭と彼女

枇々木叶は激痛で目を覚ました。

数日前、いやもう一週間は経過しただろうか？　合コンから帰り、終電近い電車で帰宅。そのまますぐに眠りつき……その翌日は、ゆっくり体を休めた。

今日は確か、学園祭の初日だった気がする。そんな朝の日に、トラブルは勘弁してほしい。彼の不調に心当たりはないが、原因は隣を見てはっきりした。

同居人の彼女、赤瀬奈紺が叶の腕に抱きついていた。目を閉じて震える様は、酷い悪夢を見ているに違いない。同衾中の彼女は、目を閉じていても辛そうな表情だ。

苦しみと、悲しみと……何より強い憎しみを、人の歯をキリキリと鳴らして表現している。無事な方の手で、自分の痛みを抑えて奈紺の頭を撫でた。

「奈紺……大丈夫。大丈夫だから」

みしみしと嫌な音を立てて、叶の腕を抱きしめる彼女。たまにある彼女の『症状』で、今回が初めてではない。

ならば一つの布団で眠らなければよい……と思う人もいるだろう。一度は叶も考えたが、それはそれで彼女は悲惨な表情をする。すべての過去を奈紺から聞いていないけど、何らかのトラウマを抱えているのは間違いない。腕の痛みは強くなるが、彼女が安心できるよう叶は撫で続けた。

「いでででで……奈紺。大丈夫。大丈夫だよ」

彼女の呼吸は荒い。汗も滝のように流している。拭き取ろうとした時、僅かに手が痺れ始めた。奈紺の持つ呪いの力の一端なのだろう。痺れが酷くなる中、奈紺が小さく呻いた。

「っーー!!」

「奈紺っ！」

「あ……」

起こしてしまっただろうか。それとも悪夢から覚めたかったのだろうか？　覚醒した彼女は暴れず、乱れた呼吸を整えようとして……泣き出してしまった。

「叶……わたし、また……！　ごめんなさい。ごめんなさい……！」

「大丈夫……大丈夫だから……あ、でも手は放して欲しい。いでで……」

「う……うん」

奈紺はその細腕に反して、かなりの怪力を有している。本気なら腕の一本や二本、簡単に折る事が出来るだろう。そうなる前に解放されて良かった良かった……とはならない。むしろ奈紺が気にしたのは、かぶれ始めたもう片方の手だ。

「た、大変……！」

「大丈夫。ちょっとかぶれただけ……」

「ダメだよ！　わたしのは……その、ごめんなさい！」

純粋な謝罪と思いきや、奈紺は大慌てで叶の手を取った。すっ、と彼女が手を引いて、自分の口元に寄せていく。口を開け、伸びた犬歯が叶の手を噛んだ。

「っ!?」

突然の事で泡を喰う。急な行動で、普通なら慌てていただろう。襲われたのかと、誤解を生みかねないが……叶は彼女の扱い方を心得ていた。

もし奈紺がその気なら、半端に噛むなんて事はしない。一瞬で叶はぶち殺されるに決まっている。何らかの理由があるに違いないのだ。

だから信じる。だから任せる。不器用で、伝えきれないなりに、彼女に悪意が無いと信じて。しばし見つめていると、叶の中から何かが抜き取られていくような……奇妙な感覚を覚えた。かぶれた手の痛みと腫れが引いて、元の色へと戻る。

「これは……」

一方の奈紺は、喉を鳴らしていた。叶の何かを吸っている？　とぼんやり思いつつ、事のいきさつを見守る。奈紺がゆっくりと口を離すと噛み痕がわずかに残っている。幸い、出血は無しだ。

「……吸い取った。これで安心」

「？　何を？」

「呪いか毒。今、叶が触れちゃったのは……わたしの呪いか毒だと思う。強い奴じゃなかったけど……吸って戻したから平気。でも、ごめんなさい」

「そっか……ちなみに聞くけど、奈紺ので一番強いのって何？」

「ん……」

まぎれもない怪異であると同時に、明確な意思を持つ彼女。視線を泳がせ思案を巡らせ、いくつかの候補を教えてくれた。

「注入して十秒で死が決まる奴……かなぁ？　使えるの、色々ありすぎて……」

「そうなんだ？」

「うん。最初にちょっとクラっと来てから……一週間後に時間差で確実に殺すのとか……逆に三か月ぐらい苦しめ続けて殺さないのとか。全身水膨れになってはじけて死ぬのとか色々あるよ？　叶はどれが強いと思う？」

「比べる事自体間違ってる。どれもヤバくない!?」

「そうかな……そうかも?」

「そうだよ!?」

凶悪過ぎるラインナップだ。本人にあまり自覚が無い所が、より恐ろしさを引き立てている。半面、奈紺側に毒気が無いのが悲しい。怪物の能力としては満点でも……赤瀬奈紺の心は穢《けが》れていると思えない。今の段階では、だが。

(この子を見捨てたり放置したら……本当に『怪物』になってしまう……)

過去の記憶にうなされる彼女。凶悪な呪いを宿した彼女。今も時々怯えて、悲しみと恐怖に震えている。時々蘇る記憶と、悪夢に苦しむ彼女を孤独にしたら……心が潰れてしまいかねない。何より、奈紺はどうにか人間社会に溶け込もうとしている。今も叶の手をさすり、何度も小さく謝罪の言葉を囁いている。

彼女が人であろうとし続ける限り……叶もまた、奈紺の傍で支えたい。布団の温もりも名残り惜しいが、今後の予定を考えると起きなければ。

「俺はもう大丈夫だから……さ、朝ごはん作ろうか」

「ん……ごめんね?」

「平気平気。でも……そうだね。作るのを手伝って」

「うん」

彼女が必要以上に引きずらないように、努めて明るい声で叶は言う。

泣きはらした奈紺の顔は、幼い少女のようにも見えた。

＊＊＊

目が覚めてさっそく事故に見舞われたが……無事に解決した二人は起床する事にした。

健康的で良い事と思う叶だけど、隣で眠っていた彼女は、未だに彼の事を案じていた。

「腕……大丈夫？　ちゃんと吸い出したけど……」

「ちゃんと動くよ。大丈夫。最近は力仕事も手伝っているからさ、筋肉がついていて助かった」

「そっか……良かったぁ」

彼女が見つめるのは、強く締めた叶の腕。昨晩は悪い夢を見たようで、うなされて締め上げてしまった。やや赤く腫れているけど、心配するような状態ではない。

平気平気と笑って見せて、叶は身体を起こして起床。軽く顔を洗って、調子を整えてから……早速二人は朝食の準備を始めた。

「パンとベーコンと目玉焼きでいい？」

「うん。サラダはどうする？」

「ちょっと面倒くさいかな……インスタントのスープにしない？」

「分かった。やかん？　を使うね」

「ありがと、奈紺」

「えへへぇ……」

とても自然な会話を交わす。こうして隣にいる奈紺は、ちょっと抜けているだけの女性に見える。今朝の出来事のような……怪物である事を意識する場面もあるが、彼女は決して邪悪な存在と思えない。ひっくり返っていたやかんを手に、せっせと手伝う奈紺は、誰の目にも普通の女性に見えた。

「俺もやらないと……っと」

冷蔵庫から薄切りベーコンのパックを二つ、特売で買った卵パックを取り出す。コンロも準備し小さめのフライパンをセット。サラダ油を引いて、つまみを回して着火。ボッ、と出る強火を中火まで下げ、薄切りベーコンを敷くように並べた。

油が弾けて、香ばしい湯気が立ち上る。肉の下で踊る油の音に、寝起きの空腹が刺激された。

「ん～♪」

奈紺も上機嫌で、隣にやかんを置いて火をかける。黄土色の古びたやかんは、寮の管理人からもらったもの。年季が入って錆《さび》やヘコミも多いが、まだまだ現役で使える。

しばらく火の加減を見ていれば、すぐにベーコンの片面に火が通った。火を弱火にして、菜箸《さいばし》でひっくり返す。卵パックから二個手に持つと、隣の奈紺が手を差し出した。

微笑ましく笑って、叶は一個を手渡す。台座の角で卵を叩き、そのまま片手で器用に割って見せる。一方奈紺は、慎重に細かくヒビを入れてから、カケラが入らないように両手で割り開いた。

たったそれだけの事の後、しょんぼりと奈紺は言う。

「叶、器用だよね……」

確かに。不器用な人間だと難しい。自慢したい訳じゃないので、恥ずかしながら叶は言った。

「実はこれ、練習したんだ」

「そうなの？」

「そうだよ。料理漫画で片手で卵割るの、なんかそれっぽくていいなぁ……って」

「へー」

軽く話している間にも、フライパンの上で卵に火が通っていく。半透明の粘体が、あっという間に真っ白に。ぷつぷつと気泡を作り、固まっていくのを見た叶は、次の工程に使う道具を要求。

「蓋をとって」

「ん」

透明の蓋と、コップに半分の水を渡す彼女。しゅわしゅわと油と水が跳ねた所に、蓋をして蒸し焼きに。スマホのタイマー機能をセットして待機。後は焦げた臭いがしないか注意しつつ、食器の準備をしよう。

「紙皿とお箸、だね」

「そそ。あ！　フライパンひっくり返さないように！」

「うん」

取っ手を引っかけて黄身をぶちまける……なんて事は避けたい。注意しつつ食器やコップを用意する。二人分並び終えて、奈紺が小さく漏らした。

「あ……叶！　パンを焼き忘れてる!!」

「あっ……！」

小型トースターは空のまま、焼き上げるパンを挟んでいない。八枚切りの食パンを冷蔵庫から引っ張り出して、すぐにセット。五分ほど待てば完成するが、目玉焼きの方が早いかもしれない。

まだまだ慌ただしい時間は続く。セットを終えた所で、今度はやかんが高音を上げて湯気を噴出。叶がすぐに火を止めて、噴きこぼれを防いだ。

危ない危ない。水が溢れて火が止まれば、最悪の場合ガス爆発だ。古い家屋故、火災になったら笑えない。叶が一息つき、奈紺も一緒に微笑む。用意したインスタントスープの素と、小さめのカップに彼女がお湯を注いだ。

とぽぽぽぽ……と湯気を立てながら、黄色いコーンスープが出来上がる。軽くスプーンで混ぜるだけで完成だ。本当に便利な物と、改めて感じつつ……残ったお湯のあるやかんに、紅茶のパックを入れて蓋をする。

「このままでいいんだよね？」

「そうそう。最後に注ぐ前に、パックは取り除こう。良い感じに蒸らせると思う」

「はーい」

奈紺の返事と、アラームが鳴るのは同時。目玉焼きの蓋を開けると、ふんわり蒸し上がった半熟卵の香りが広がった。二つの目玉を壊さないように、フライ返しでちょうど半分にして皿に盛る。ぷるっぷるの黄身が揺れて、良い具合の半熟に奈紺が唾をのんだ。

小さな台に対面へ置いて、スープを右どなりに配置。狙ったようにパンが焼き上がり、トースターの高音が室内を賑やかにする。叶がさっとマーガリンを塗り、その間に奈紺がマグカップに紅茶を注いでくれた。

「ん〜♪　おいしそう」

「そうだね。上手く出来た」

質素な洋食の朝ごはんの出来上がり。何気ない日常の光景。タダの朝食作りさえ、彼女か来てから妙に楽しい。

今日の献立を見つめてお腹が鳴る。彼女と目を合わせて——

「「いただきます」」

温かい内に、今日の朝ごはんを二人で頂いた。

基本叶は、自炊する人間だ。

一人暮らしを始める前でも、叶は家事への抵抗が薄い人種だ。今時両親共働きも珍しくない。空いている時間に洗濯や掃除、レトルト食品のごはんを作るぐらいなら、多くの人間は経験がある。叶もその例に漏れず、ちょっとした物なら作れる。おかげで奈紺と朝食を作れるのだから、悪くない。

「ごちそうさま〜♪」

「相変わらず早いね!?」

「うん」

しかも彼女、とてもおいしそうに食べてくれる。実に作る甲斐があるのだが、奈紺は食事ペースがかなり早い。ほぼ同じ分量を用意しても、確実に叶より早く平らげてしまう。

「先に洗っておくね」

「ありがとう」

フライパンなどの洗い物に、積極的に手を付けてくれる。まだ半分近く残った目玉焼きを食べていると、家事をしながら奈紺は尋ねた。

「今日はお休みの日?」

「土曜日だからね。普通はそう」

「ん……何か予定はあるの?」

「実はさ、今日は学園祭があるんだ」

「んー?　この前の……お酒飲んだ時みたいにワイワイするの?」

「う、うーん……確かにワイワイはするけど、違うと言うか……」

人外の彼女は一般常識を持っていない。合コンと学園祭の違いを、自然と理解できる知識や経験がないのだ。

しかし、いざその差を『分かるように』説明するのに困ってしまった。何せ土台となる知識がないので、伝え方が難しい。しばらく考えてから、どうにか話を絞り出した。

「この前のは……そうだね。あの場所で集まった人だけの会で、お祭りはもっと開かれてる感じかな……？　この前は招かれた人しか来なくて、祭りは来た人で楽しむ感じ？」

「へー……そーなのかー」

「ハハハ分かんないか」

「うん！」

元気いっぱいに答えないでほしい……と注意しても分かるまい。そっと奈紺の頭に手を伸ばし、撫でてやると奈紺は目を細めた。しばらく二人はそうしていたが、叶のスマホが鳴ったので、中断せざるを得なくなる。軽く奈紺に断りを入れて、通信相手を確認した。

「中沢が迎えに来てくれるって」

「この前の……飲み会の人？」

「そうそう！　奢ってくれるって話だったでしょ？　この場合は……助けてくれたお礼みたいな物かな。食べ物屋さんのお金、払ってくれるって」

「ホント!?　わぁい！」

はしゃいで跳ねる赤瀬奈紺。無邪気な彼女に目を細めていたが、連続で鳴るスマホを見て焦りを見せた。

「って、ヤバ！」

「どうしたの？」

「中沢は、すぐ近くまで来ているらしい。待たせるのも悪いし、早く準備しよう！」

「ん、分かった」

迎えに来た人を、待たせるのは気まずい。後片付けと身支度《みじたく》を急ぎ、友人と合流するための準備を進める。服は少しカジュアルめの、動きやすい物を選択。最低限の後片付けを終え、叶と奈紺が外に出る。

「おぉい！　二人とも！　こっちこっちー！」

「悪い悪い！　今行く！」

「中沢さん。おはようございまーす」

手を振って二人を呼ぶ友人、中沢の所へ歩いていく。

目指すは叶と中沢の学び舎《や》、今日は愉快な学園祭だ――

＊＊＊

「ふえぇ……！　この前よりすごーい!!」

「相変わらずだなぁ……」

大学の学園祭の時期は、地域によってかなりムラがある。六月の開催は早いが、理由は実にくだらない。近場に建てられた別大学の学園祭と、時期をずらすだけの単純な動機。

そんな事情は露知らず、奈紺は目を輝かせて大学内を見渡していた。

「合コンとは全然違うね！　でも楽しい！」

「ははは……そうだね。全然違うよね……」

身なりは緩めのカジュアル衣装。家で過ごすような物より上等で、この前の合コンよりは緩い衣装……要は大学内で浮かないような、ロングスカートと半袖のシャツと上着を着用していた。くるりくるりと回りながら、明るい笑顔で祭典を楽しむ赤瀬奈紺。叶だけでなく、中沢も思わず頬が緩む。

「いやーこうして見ると普通だよなー」

「……あんまり言わないでくれ。隠している事だし」

「悪い悪い、でも分からないだろ？」

「そりゃなぁ……」

無邪気に目を輝かせて、大量の出店に目が泳ぐ奈紺。くるくると回るように、踊るように、たくさんの出店を楽しんでいる。明るい調子でグイグイと叶の上着の裾を引っ張り、彼に要求する。

「ねぇねぇ！　教授さんの所に行く前に色々見ていい!?」

「そうだよね。せっかくだし色々回ろうか」

「うし！　んじゃオレが色々奢っちゃうぞ～！」

「やったーっ!!」

天真爛漫な子供のように跳ねる奈紺。青年二人は、まだそういう年ではないのだが……思わず孫を見るような、穏やかな笑みで目じりが下がる。周りからの生暖かい目線も受けつつ、奈紺は身近な屋台に足を運んだ。

「叶！　叶！　あれなぁに!?」

「イカ焼きかな？　あんまり普段は食べな……」

「あの！　三つくださーい!!」

「はやっ!?」

あっという間に屋台に進み、一瞬で注文を終える奈紺。瞳をきらっきらに輝かせて店員にグイグイと迫る。生きのよい客に笑いかけるが、迫り過ぎて若干引かれているような気もする。慌てて中沢が止めに入った。

「赤瀬さん！　それは流石《さすが》に距離感バグってねぇか!?」

「そうなの？」

「そうだよ！」

すいません店員さん……と頭を下げると、店員役の学生は愛想笑いで応じた。はたからは、愉快な仲良し三人組に見えるのだろう。先頭で目を輝かせる奈紺達に、店員はすっと三本のイカ焼きを差し出した。

「ジュルリ……いただきまーす♪」

大きく口を開けてイカ焼きにかぶりつく。男二人も、同じようにコンガリと焼けたイカを頂く。甘辛のタレが香ばしく鼻を抜け、歯ごたえのある身を噛み締める。ゆっくり食している叶達の隣で、あっという間に奈紺は完食。満面の笑みを見せる彼女は、あっという間に次の屋台に向かった。

「叶！　叶！　あの丸いのなーに!?」

「あれはたこ焼きだよ。買って来た事無かったっけ……？」

「あるかも！　でも見るのは初めて!!　ああやって作るんだー!!」

「初見だと確かに珍しいかもなぁ……」

たこ焼きの作り方は、知らなければ印象的に見えるだろう。アツアツの丸っこい鉄板の中に、小麦粉を練った生地を流し込む。たこの身を順々に入れている間に、半熟となった生地に鉄のピックが閃く。くるりと一転する焦げ目に、奈紺はますます子供のようにはしゃいでいた。

　店員役の学生はノリノリで、掛け声と共に舟の形をした器に八つ球体が乗る。慣れているのか、手際よくソース、マヨネーズ、鰹節《かつおぶし》、青のり、トドメに紅ショウガを盛り付ける。この間僅か五秒。無駄に洗練された無駄のない動きに、後ろの叶も思わず感心。中沢も口笛を吹いていたが、値段を見て僅かに表情が曇る。少々お高い値段だけれど、このパフォーマンス代と割り切って欲しい。彼女が三人分のたこ焼きを受け取ると、すぐに彼女は口を開けた。

「いっただっきまーす！」

　ハフッ！　ハフッ！　と奈紺が、出来立てのたこ焼きを頬張っていく。香ばしく焼けた生地と、ふわふわのトロットロの中身、甘辛ソースが絡み合う。複数のトッピングが次々と味を変化させ、奈紺もご満悦のようだ。

「おいしーっ！」

「熱っ！　アチチッ！」

　舌を火傷《やけど》しそうになるが、けれどこれも屋台の醍醐味。作りたてを直に食べられる楽しみは、なかなか他では味わえない。実に楽しそうな奈紺は、やはりこれもあっという間に平らげてしまう。

「……ジュルリ」

「あ、まだ足りない？　一個食べる？」

「いいの!?」

「マジで底なしの食欲だな……」

瞳を輝かせる奈紺に、若干引きつる中沢。一方の叶は、素直にたこ焼きを差し出す。奈紺はすぐに大口を開けて食べると、まだ足りないと最後の一個にも目をつける。しょうがないなぁと笑って、もう一つも奈紺の腹の中へ吸い込まれた。

「ん～♪」

幸せいっぱいの笑みで、食べ歩きを楽しむ奈紺。叶の取り分は減ったけど、この時間、この空間はプライスレス。顔全体で幸福を示す彼女に、中沢も「まぁいいか！」と笑っていたが……けれど奈紺はまだ満足していないようだ。

「叶！　叶！　まだあるよ!!　あれなぁに!?」

「ちょちょちょ奈紺!?　まだ行くの!?」

「……ダメ？」

「いや、その……オ、オレの財布が……」

　出店に次々と飛びつく奈紺だが、この手の店はどうしても割高だ。奢ると明言した中沢だけど、彼女がここまで大食いなのは想定外か。叶としても、中沢と関係を悪くしたくない。軽く肩に手を置いて友人に提案した。

「……ここからは、俺と折半でどう？」

「おう悪い！　助かる！」

　これにて友情は保たれた。奈紺を止める選択肢もあるが、できれば彼女は全力で楽しんでほしい。幸いにも、その思いは共有できている。互いの財布が削り取られようとも、優先すべき瞬間がある。

　なんて男二人の友情に、赤瀬奈紺が気づくはずもなく……すぐに彼女は別の屋台に目をつけていた。

「あれなぁに!?　あれなぁに!?」

「え、えぇと……確かチュロスだったかな。甘い奴だから、最後に食べる――」

「でもアレ、甘そうじゃないよ？」

「ん？　ん？　あれ？」

「なんだありゃ？　赤くね？」

奈紺が指さす先にある出店では、確かにチュロスを販売している。しかし漂う香りは確かに、甘いお菓子のソレではない……

赤いのだ。チュロスの長くて細く、茶色のシルエットは存在するが……その上に振りかかっているのが『七味唐辛子』なのである。

「えぇ……？」

「叶、アレはああいう食べ物？」

「いや違う。絶対に違う。チュロスって普通シナモンとかココアだよね!?」

「たまーに芋味とか、スイーツ系の味もあるけどよぉ……何故よりによって七味唐辛子!?これを考えた奴は頭バグってるんじゃねぇの!?」

学徒特有のノリと勢いが突然変異体を生み出し、祭りは祭りでも一味違うゲテモノを提供する事もある。これが縁日や祝日なら苦情モノだが、学生故に特殊な出し物も許される。

頬を引きつらせる二人を置いて、奈紺は興味津々のようだ。「でもおいしそー！」とよだれを垂らして、ふらふらと吸い寄せられていく。恐ろしきかな、赤瀬奈紺の食欲！　常識をあまり持っていないのも、叶や中沢のようにためらわない要因だろう。

「その赤いのなぁに？」

「お目が高いお客さん。こいつは我らがチュロス店の裏メニュー『紅《くれない》』だっ!!　辛甘ウマくて癖になるぞっ！」

「三つちょーだい！」

「あいよ！　『紅』三つ入りましたァ〜っ!!」

「な、なななな奈紺ーっ!?」

「オイ馬鹿！　巻き込むんじゃねぇ〜ッ!!」

まさかの全員分注文。彼女は気を使ったようだが、今回ばかりは無視してくれてよかった。突然振りかかる、ゲテモノ食のチャレンジングタイム。奈紺から差し出されたそれを見て、青年二人は戦々恐々と受け取った。

こんがりと焼けたチュロスの側面に、下にまぶされた白い砂糖。その輝きを覆い隠すように、あるいは白い砂粒によって引き立てられた、七味の赤色が堂々と主張する。シナモンと合わさった香ばしくスパイシーな香りは……確かに胃袋を刺激する匂いだ。が、これは果たしてイケるのか？　イケないのか？　男二人は顔を見合わせ、完全に日和《ひよ》っている。

「どーするよ、コレ……」

「捨てる訳にもいかない、よな」

「喰えたモンじゃなかったら……」

固まった二人に対して、赤瀬奈紺は恐れ知らず。赤と白のチュロスに、真っすぐにかぶりついた。

「ん～～～!!　からーい！　あまーい！　おいしーっ!!」

「えぇぇぇぇぇぇ……」

「何の躊躇もなく行きやがった……」

勇気なのか無謀なのか、もぐりもぐりと奈紺が頬張る。二人してドン引きするが、実においしそうに食していく。恐る恐る男二人も小口で運ぶと、初体験の味覚に目を白黒させた。

焼けた生地の外側はサクサクと固く、粒砂糖の触感が歯に当たる。甘味とシナモンの香りを味わった直後に、ピリ辛の刺激が舌を刺した。

香ばしさと辛味が追加されたチュロスは、むしろ砂糖と生地の甘味を引き立てる。芯の方のふわふわ生地を噛み締めれば、じわりと滲む油がまろやかに辛味を緩和。見た目のゲテモノ感と異なり、食べてみれば案外イケる……？

「なんでコレがイケるんだ……？　つーかなんでこんなモノを試そうと思ったんだ？」

「さぁ……？　で、でもおいしければいっか」

「そうだな！　ヨシ！」

困惑しながら食べ進める二人と異なり、奈紺は『こういう食べ物だ』と認識したようだ。

何度も感動的に声を発しながら、赤いチュロスを食べ進める。周囲の視線が少々怖かったが、物珍しいソレを見て、周囲の客もチュロス店に歩み寄ってきた。

「な、奈紺、ちょっと離れようか。店の邪魔になるから」

「はーい！」

図らずとも広告塔となった三人。これは好機と店の奥で、裏メニューチュロスの生産に励む店員達。一人、二人と食べ始めれば、周囲の目線と人が集まる。

それをニヤリと笑うのは、何も店員だけではなかった。友人の中沢が瞳を鋭く光らせ、彼は奈紺と叶から離れて言った。

「こりゃチャンスだな！　ちょっとコネ作って来る！」

「中沢さん？　どうするの？」

「そりゃ『ゲテモノだけど旨い裏メニュー』の宣伝さ！　いらっしゃいませぇーッ!!」

「まただよ……」

「？　？　どういう事？」

中沢の良い所であり、悪い所でもある。

彼、中沢健太郎は……人と関係を作れそうなら、片っ端からコネを作りに行く人種だ。

ちょっとした協力を経て、いくつかの会話と雑談で、見知らぬ誰かとすぐに連絡先を交換する。そうして人脈を広げているからか、様々な界隈にも顔が利く……とはもっぱらの噂だ。

それに——どうも中沢は、妙な勘があるらしい。好機を嗅ぎ分けるセンスがあるらしく、人脈を使って仲介人のような事もしているとか、していないとか。

「しゃっせー！　赤いチュロスいかがっすかー!?」

即席の客引きになった中沢が、周囲の人を呼び始める。三人の反応もあって……ある者は戦々恐々と、ある者はノリと勢いで購入し、ゲテモノ裏メニューを口にしていく。突然の行動に目を白黒させる店員に、中沢は親指を立てて笑顔を見せた。

「行動が速いな……」

「口でウダウダ言うより早いだろ？　印象もいい。んで後で連絡先をもらう……ってワケよ！」

「……たまに変な奴をひっかけない？」

「それは言わないお約束。当たりを引く可能性の方が、統計的には高いから……」

「ハズレ引く事もあるのか……」

「そりゃな。関わる人間みんなが、全員人格者な訳じゃないし」

苦笑する中沢の後ろで、人だかりが生まれていた。突然の客引きによって、チュロス店の裏メニューが流行り始めたらしい。生まれた人だかりに、店員は嬉しい悲鳴を上げ……中沢と視線を交差させている。アルバイト……いや、この場合はボランティアが正しいのか？　働き始めた中沢が、叶と奈紺に別れを告げた。

「悪い、ちょっとここで働いてくる。そろそろ教授の所に行った方がいいだろ？」

「ん……どうなのかな……そうかも？」

「それにもう、十分奢ったしな。これ以上はカンベン！」

「本音はソッチだろ!?」

「テヘペロ」

　わざとらしく舌を出す友人に、叶はつい笑ってしまった。金額的には、学生基準で結構な額に達している。十分に楽しんだし、中沢にも用事が出来た。叶も奈紺も行くべき場所もあるし……ここで別れてもいいだろう。

「じゃあ、今日はここで別行動な感じ？」

「そういうコト！　赤瀬さんもまたなー！」

「ん……またね、中沢さん。楽しかった～」

「おうよ！　あっ！　いらっしゃいませェ～っ！」

　完全に店員と化した中沢が、周囲の人間に愛想を振りまく。空気を読んだ叶が、赤瀬奈紺の手を引いた。

周囲は人だかりが生まれ、購入済みの二人は留《とど》まる理由もない。最後に奈紺が中沢に手を振って、二人は移動した。

＊＊＊

学園祭、多くの人の目に留まるのは屋外の屋台や広間の出し物だが……それだけがすべてじゃない。室内なら室内なりの出し物もある。ちょうど『郷土研究室』のブースを横切った時、奈紺はそっと叶に問うた。

「叶、教授さんの所に寄らないの？」

郷土研究室と同サークルの顧問を担当する教授は、奈紺に尋ねたい事が多くありそうだ。何度か助けられている手前、要求を断れない。しかし叶は、スマホを手にして奈紺に言った。

「『今、他の教授と話している。もう少し学園祭を楽しんでからで良い』だって。さっきアプリを通して連絡があった」

「そうなの？　やったー！　教授さん優しいねー」

「どうなんだろなぁ……」

教授としての来客か、それともオカルト周りの来客か。どちらかは不明だが、来客中に奈紺と接触したくない……のかもしれない。叶の複雑な内心を、赤瀬奈紺はぼんやりとくみ取ったようだ。素直に郷土研究室ブースを素通りし、三つ奥にある暗闇の教室を指さした。

「？　夜じゃないのにカーテンしまってるよ？　あれじゃあ暗いよ？」

「ん……アレはそういう出し物だから」

入口にでかでかと貼り付けられた看板は『お化け屋敷』——学園祭の出し物の定番だ。中から恐怖にかられた悲鳴が聞こえてくると、出口の場所から走って女子二人が逃げ出してきた。中々恐怖度は高いのか？　ぼんやり考える傍らで、黒塗りの看板に書かれた『恐怖の教室』の文字——光る黄色い蛍光ペンへ、奈紺が吸い寄せられていった。

「えっ？　奈紺？」

「叶！　次はここ行こー？」

「ええ……？」

あの、赤瀬奈紺さん。あなたの正体は驚かす側ですよね？　危うく突っ込みそうになったが、ギリギリの所で叶は我慢した。一瞬煽りかと邪推を挟んだが、キラキラ光るその両目は好奇心の塊。長々しく説明するより、体験した方が早いと列に並んだ。

「なんだか物凄い矛盾を感じる……」

「？　なんで？　わたし達みたいに、二人で入る人も多いよ？」

「お化け屋敷ってそういう所あるし……」

「そうなの？」

「そうなの」

「なら楽しみー」

彼女が満たされているなら良いか。細かい事はいいんだよ！　と、古《いにしえ》の文言が頭を通過し、叶はそのうち考えることをやめた。時にはセンスで感じるのも大事である。恐怖を楽しむお化け屋敷であるなら、難しく考えるより頭空っぽの方が良いだろう。次々と前に並ぶ人を飲み込み、ついに叶と奈紺の番がやって来る。案内人が意味深に笑い、手持ちのスマホを即席無線にして内部に通達。「次カップル入ります。ガチモードで」の呟きは、気のせいだと信じたい……

「二人ですか？」

「あ、えぇと……ハイ」

「ちょっと待っててくださいねー前の人が詰まってるみたいでー」

いや、明らかに準備してるよね!?　棒読みもわざとだよね!?　先ほどの呟きから察するに、室内を『ガチモード』に切り替えているのだろう。もしこの棒読みが気心の知れた仲ならば、速攻で詰め寄り吐かせるに違いない。早くも後悔が滲む叶の隣で、何も知らない奈紺がお化け屋敷に目を輝かせている。ちらりと見せた案内人の表情は、罪悪感かそれとも悪戯心《いたずらごころ》か――

『準備できた。次の獲物を恐怖のどん底に落としてやるぜー……！』

「ハイハイ……空いたみたいです。それではどうぞー！」

「わーい！」

「なーこーんー!!」

怖いもの知らずの無知が、光のない教室の戸を開ける。観覧車に乗るようなテンションの奈紺に、慌てて叶も続いた。

入室を確かめた案内人が扉を閉め、同時に室内は真っ暗闇に包まれる。ガイド用の薄明かりさえ存在せず、中の空気はどんよりと濁り淀んでいた。どこからともなく、おどろおどろしい音が流れていて、湿度は高く冷えている。細かな所までこだわった不気味さに、出し物と分かっていても不安になり――前にいた彼女は、しゃがみこんで固まっていた。

「く、暗いよ……狭いよ……怖いよぉ……」

「え？　な、奈紺……!?」

奈紺、まさかの意気消沈。先ほどの元気はどこへ行った？　周囲をきょろきょろと見渡して、彼女は叶の左後ろに移動。小刻みに震え、彼の肘をがっちりと掴んで離さない。どうしたことかと叶は尋ねた。

「ど、どうしたのさ!?　大丈夫!?」

「わ、わたし……こういう場所、好きじゃない……」

「お化け屋敷がダメなの!?」

「そうじゃなくて……『狭くて、暗くて、息が詰まるような場所』がダメなの……！」

いや、だから赤瀬奈紺さん。あなたどちらかと言えば驚かす側ですよね!?　暗がりでしゃがみこむ奈紺は、すっかりダメになっている。ここに来て普通の少女になってしまったかのように、完全にビビリ散らしていた。

「どうする？　リタイアする？」

「い、一応……最後まで……でも叶！　絶対に手を離さない――きゃあああぁああっ!!」

「奈紺ーっ!?」

ぺちょ、と何か湿ったものが奈紺の頬に触れると、彼女は腹の底から悲鳴を上げた。瞳に涙を浮かべて、雛鳥のように震えあがっている。叶が引っ張って庇い犯人を見ると、べ

ヒッ……

タもベタのコンニャクだ。安物の小道具でも、初体験ならば効き目十分らしい。すぐに叶が奈紺の背中をさすった。

「大丈夫。大丈夫だから……そこまで怖がらなくても……」

「うぅぅぅううぅ……！」

涙目の上目使いで、叶にすがりつく彼女。てっきりいつも通りの無邪気さで楽しむと思いきや、完全に『お化け屋敷』の雰囲気に飲まれている。正直、この展開は予想できなかった。

「えぇと奈紺……ここから先、もっと怖いと思うけど……」

「っ……け、けど、がん、ばる」

「無理に頑張らなくても……」

「がんばりゅ……」

「舌が回ってないよ!?」

ぴったり奈紺が左手にしがみつき、強く握りしめてくる。幸い、人の力加減で済んでいるので、今朝のように痛くなる心配はなさそうだ。まるで小動物のように怯える彼女を、叶は慎重に先導した。

作られた闇は深く、足音は心細い。触れ合った腕から彼女の鼓動が、痛いほど伝わってくる。この心拍数は演技じゃない。現に二人が歩き出し、何か小道具が不気味な音を出すたびに、小さな悲鳴と共に奈紺がくっついてくるのだ。

「ううぅ！　や、やめておけば良かったぁ……」

「そんなに怖い？」

「だって！　ぜんぜん訳が分からないもん！　本物のお化けの方が怖くないよぉ……」

「それはそれでどうなの!?」

「お化けなら食べちゃえばいいでしょ!?」

「普通の人は出来ないからね!?」

あぁ、なるほど。ほんの少しだけ理解できた。

つまり——奈紺にとって『本物の幽霊や怪異』は対処可能なモノだが、このお化け屋敷……すなわち『作り物の恐怖演出と怪異』は、正体不明のモノなのだ。一般人が持つ普通と異常の基準が、逆転してしまっている。叶感覚の『作り物』と『本物』が、奈紺はひっくり返っているせいで、こうも怯えているのだろう。

「は、は、早く行こうよ叶……！」

既にノックアウト寸前。人間に驚かされる彼女を新鮮に思いつつ、叶は何度も言い聞かせた。

「落ち着いて。暴れたら怪我するかもしれないよ？」

「うぅ……なんで叶は冷静なの？」

「あー……奈紺が怖がっているから、逆に？」

「訳が分からないよぉ」

人が恐怖に喘《あえ》いでいるのを見ると、つられて恐怖する場合と逆に落ち着く場合がある。叶はどうやら後者のようで、震える奈紺をしっかりと支えて前を歩いた。

「大丈夫だって。怖いかもしれないけど、俺が一緒についているから」

「う、うん……」

つい口から出るのは恥ずかしいセリフ。臭かったような気もするが、堂々としなければ奈紺の不安を取り払えまい。その後も不規則に明滅する青白い電球や、作られた藪で蠢く何かにびくびくする様子は、怖がりな女性と同じように見える。一歩、また一歩と足を進め、遠くに明るい扉が見えた。

「で、出口……！」

「頑張ったね奈紺」

「も、もうわたし、絶対にお化け屋敷に入らない！」

早く早くと急かす中で、光がすっと消えてしまう。やっと見えた終わりから一転、絶望と恐怖に染まった奈紺は急いで引き戸に手をかけたが……

「え？　えっ!?　なんで!?　開かない!?」

試しに叶も一緒に引いてみるが……鍵をかけられたのか、誰かが押さえているのか、全く動く気配がない。希望を見せてからの追い込みに、血の気の引いた奈紺の目が爬虫類めいて……

まずい。それは本当にまずい。恐怖のあまり『本性が出ている』と指摘する間もなく、背後から湿った何かを引きずる音が聞こえた。

奈紺を見ていて冷静な叶は、ここのお化け屋敷の演出に感心した。

出口間際で相手を閉じ込め、最後に最上の恐怖を持ってくる。当然ここで用意するのは、特殊メイクを施した中のスタッフ。完璧な『お岩《いわ》さん』が、腫れあがった顔で囁いた。

「う〜ら〜め〜し〜やぁ〜〜〜〜っ!!」

それは完璧だった。ちょくちょく恐怖を破裂させつつ、あと少しで解放される所に追い込み、希望をちらつかせてから叩き落とす。そういう演出と察した叶でも、迫真の幽霊メイクに迫られれば恐怖を覚えていた。

一つ、致命的な問題があるとすれば――

脅かした相手、恐怖させてしまった相手が『本物』という想定外。

ついに限界が来てしまった奈紺は、怯えと恐怖から『怪異として』の気配を全面に出して——

「シャァァァァァーッ!!!!」

本気の威嚇。制止する間もなく、化け物としての片鱗を見せてしまった奈紺。隣にいる叶も鳥肌が立ち、奈紺は霊的な気配を周辺にまき散らす。

——可哀《かわい》そうなのは、お岩さん役か。

まさかの本物から、本気の威嚇を喰らって——泡を吹いてパタリと倒れてしまった。

＊＊＊

天草太一はぴくりと肩を震わせた。近場の教室から、濃厚な怪異の気配を感じ取ったから……である。

間違いなく『お化け屋敷』が発信源だろう。怪異によくある法則だ。怪談話や恐怖体験をしていると、霊や怪異を引き寄せる。偽者や作り話に混じって、本物が紛れ込む現象は現代でも変わらない。最近ではホラーゲームの配信中に、怪奇がお邪魔する場面が何度もある。となれば、お化け屋敷で『そうしたモノ』が現れるのは必然だ。軽く顔を上げ、そして無視を決め込んだ天草に……先祖のよしみで憑いた悪魔がやかましく喚いた。

「うるさいぞハルファス。気配からして赤瀬奈紺だろう？」

来客に合わせて、悪魔の声は教授以外に聞こえなくしてある。古い樹木を削り作った止まり木に、一般人には不可視の鳩がしわがれた声で話す。やかましいソイツに手製の豆鉄砲を構えると、慌ててハルファスが身構えた。

「こんなのにビビるなよ。それでもソロモン七十二柱か？　――だったらコウノトリに化けろよ。――ふぅん、世知辛いな。立場逆転って奴か？」

鳩の姿で嘆く悪魔。立派な教授が独り言をぶつくさ言っているようにしか見えないが、視線に向けた表情や所作で『何か』の存在を感じる事は出来るかもしれない。あるいは、狂った不気味な人間に見えるかもしれない。信じるか信じないかで、解釈も印象もまるで異なるだろう。

教授は、皮肉げな笑みを浮かべて左手を差し出す。慣れた鳥はそっと飛び立ち、いつもの左肩にハルファスは止まった。

「んじゃ、一応見回りに行くか。逃げて来た雑霊が来るかもしれねぇ」

奥の部屋から歩き出す教授は、郷土研究室のブースに顔を出した。

地味な展示物だらけの室内は……のどかな田舎を求める人間か、オカルト界隈に興味のある人間以外、魅力を感じられるモノではない。ましてや学園祭という『祭り』の中で、こんなジメジメした場所に来るのはごく僅か。ちらりと見まわる周囲に、天草の目で見ても異常は無かった。

「あの感じ……大丈夫かね叶の奴。他の人間にちょっかいかけていなきゃいいが。後始末が大変だ」

赤瀬奈紺――人の姿を手にした怪異は、古くから決して珍しいモノではない。水の精から お狐様、悪魔とて人の姿かたちを真似る話は、世界各所に多く存在する。

彼女に関して特異な点は……本来人の姿を持たない怪異が、人間の形をしている点か。

今日の学園祭で、是非詳しく話を聞かせてもらいたいものだ。

だがその前に……教授はちらりと入口付近を見る。肩に止まった鳩の悪魔も、神聖な気配を感じ取ったようだ。あちら界隈からのお客さんが、このブースを閲覧中らしい。

と言っても、外見は一般人と変わらない。薄いピンクの上着に白のシャツ。ボーイッシュな青のジーンズを着用したラフな格好だ。言われなければ『シスター』などと、誰も分からないだろう。教授ともう一匹の目線に気が付き、硬い表情で女性が話しかけてきた。

「なんだ今の気配は……教授、何かしたのか?」

「なんにも。近場にお化け屋敷がある。そこで一悶着あったんだろ」

「雑霊の力を超えている気がするが……お前の差し金か？　悪魔」

ギロリと肩にいる鳥を睨む女性。当然彼女にハルファスは見えているし、本来なら声も聞こえる。けれど、いつものやかましい反論が無いのを見て、西洋圏の彼女は首を傾げた。

「どうした？　いつものように騒がないのか？」

「あー……この前、ロウの野郎がヒスを起こしたからな。なんでも『悪魔と口も利きたくないし、耳を貸す事もしたくない』そうだ。仕方ないから、一時的にコイツの声を聞こえなくしてある。しかし君が来たか、メリーシャ」

「済まない教授。ロウはその……昔、怪異絡みの凄惨な経験をした男でな。異形相手に容赦がない」

「怪異に限らずそういう奴はいる。仕方あるまい」

例えば事故、例えば戦争、例えば差別、例えば災害。

原因は何であれ、悲惨な境遇や体験をした者の一部は、自らの経験に類する被害を無くそうとする。トラウマが強ければ強いほど、極端で過激な方法で解決しようとするのだ。

つまり――怪異によって被害を受けたメリーシャの仲間は、教授の肩にいる怪異に対して過剰な反応を示してしまった。不幸な事故とも言う。

理解はしつつも……そのままで済ますほど、教授は甘い男でもない。

「とはいえ……仕方ないで済まない被害も出た。いくら話しても聞かなかった上、貴重なブツもいくつか消えた。どうしてくれる」

「そ、その話の詫びも兼ねて私が来た。本当は当人にやらせるべきだが……」

「またトラブルを起こされるのを嫌ったか。妥当な判断だ」

天草教授が鼻を鳴らす。視線の先のメリーシャは、手首サイズのガラス筒を取り出した。中央に青色の鉱石が納められ、コバルトブルーの輝きを放っている。教授が受け取り見分を始める中で、彼女はブツが何かを語り始めた。

「コボルトの生成したコバルトだ。日本《こちら》だと入手が難しいだろう？　――容器から出すなよ。酸化してしまう」

「確かドイツの妖精……鉱山に住む奴だったか。座敷童の亜種とも聞いている」

微量に含まれた輝きは、魔術的価値を確かに宿している。ドイツの妖精由来の素材は、日本での入手が難しい。補填としては悪くないが、天草は疑問を投げかけた。

「入手難易度は知らないが……詫びとしては少し払い過ぎではないか？」

「……鋭いな」

「そりゃ、いつもそばに悪魔がいるもんでね」

〝やかましい！〟と言わんばかりに肩の鳥が羽ばたくが、無視して天草は相手を見る。回りくどい言い訳は不要と判断し、メリーシャは切り出した。

「ここに来た人間の一人……シギックを覚えているか？」

「記憶している。今回メリーシャが来る前に話もした」

「――それは、いつだ？」

「どうだったかな……履歴を確認しても？」

スマホを軽く上げると、女性はコクリと頷く。連絡用アプリを確かめると、約半年前の記録が見つかった。メリーシャは即座に詰め寄った。

「アイツ教授に連絡を……！　何を聞かれた!?」

「オイオイどうした？　かなり前の話で、内容までは……」

「頼む。なんでもいい」

真っすぐに頭を下げ、素直に頼み込む彼女。目を閉じて記憶を掘り起こす教授は、ぽつぽつと想起した内容を口にした。

「確か……大陸系の呪術、とりわけ古代中国由来のモノについて聞かれたな。一般にも知名度があるヤツだ」

「くそっ！　手遅れだったか……？」

「話が見えてこない。シギックに何か？」

「……抜けた」

「なんだと？」

『抜けた』――怪異を管理する界隈を脱退したという意味だ。ちょくちょく起こりうる事件だが、知った顔が起こせば動揺する。すぐに天草は問い詰めた。

「時期はいつだ？」

「約六か月前。恐らく抜けた直後に、教授に連絡を入れたに違いない」

「なんですぐに知らせなかった」

「本職も忙しいだろう、あなたは」

六か月前となると、時期としては十二月近辺。すなわち師走であり、大学教授は多忙のシーズン。確かに気を遣う時期か。舌打ちしつつ納得し、女性に続きを促した。

「元々……劣等感の強い男だ。教授の知識を求めたのも、新しい呪術か式を組むためだろう。間違いなくどこかで実験している」

「……良くない傾向だ。大体その手の奴は、禁じ手や禁忌を積極的に破る」

「もう、生きてはいないか？」

「それで済めばマシな方だ。場所は？」

「――富士山《ふじさん》近辺で失探《しったん》している」

「オイ冗談だろ」

場所を聞いた教授が表情を変えた。傍らにいる鳩の悪魔も、嘲る余裕を失い固まる。

「あそこは……一般人《しろうと》にも有名な霊的スポットだ。あぁクソ、だから大陸系の呪術を聞いたのか!?　絶対ロクな事にならん！」

「そちらは専門外だが……そんなにマズいのか？」

「マズい、大いにマズい！　物凄く雑に例えるなら——ダイナマイトの山に、火のついたマッチを投げるようなモンだ！」

「冗談じゃない！　それじゃシギックは——」

「ほぼほぼ木っ端微塵だろうな……遺品の一部を回収できるだけでも奇跡だ。メリーシャには悪いが……覚悟しておけ」

「…………」

——正直なところ、悪い要素の方が多い。対面の女性は絶句しているが、今話した状況で済んでいれば『まだマシ』と言わざるを得ない。最悪の場合、一帯を封鎖する必要もあるだろう。すぐさま教授は促した。

「可及的速やかにシギックの拠点を捜索、発見して対処すべきだ。アイツ一人が死んでいるだけならいいが……術式が暴走したり、土地に悪影響を与えようものなら——」

「……考えたくないな」

抜けた魔術師がどんな研究を行い、何を実験していたのか不明だが……今までの所属組織を抜け、有名な霊的スポットに向かったなら、危険な行為に手を出している事が想像できる。メリーシャの言う通り『考えたくない』が、対処せず放置もあり得ない。おもむろに手帳を取り出した教授は、連絡先のいくつかをメリーシャに渡した。

「あの地域を管理する術者達には、私から話を通しておくが……君達も準備を怠るな。不明な点や、君達の上から根拠の提示を求められた時は、このリストを頼るといい」

「すまない、助かる」

「先払いのコバルト分ぐらいは働くさ。あと、生きていたら……シギックに特別授業もみっちり組んでやる。ナメた代償は必要だ」

「……確かに」

九割九分生きてはいまい。希望的観測と分かりきっている。が、全く無慈悲に処理も出来ず、こんな捻《ひね》くれた冗談しか言えなかった。

幸い、メリーシャも気持ちは同じなのだろう。重いため息を零しつつも、表情は死んでいなかった。

＊＊＊

お化け屋敷からの脱出は大変だった。

限界まで恐怖した赤瀬奈紺は、トドメの驚かし役に対して『本性』の片鱗を見せてしまった。命に別状はないはずだが、あの圧力は素人じゃひとたまりもない。泡を吹いて倒れたお化け役を介抱しつつ、目を覚ます前にそそくさと逃げ出した。

「うぅ……怖かったぁ……」

「あはははは……」

気絶した人物も全く同じ感想だろう。まさか驚かす側が、気絶するほどの恐怖と対面するとは。不幸中の幸いなのは『お化け屋敷』である点か。仮に目を覚まして、本当のことを口にした所で、誰も信じたりしないだろう。せいぜい、ネット掲示板で『こんな事が起きた』と、真偽不明のまま流布されてオシマイだ。

「ごめんね、叶。ちょっと怖がり過ぎたかな……」

「俺こそごめん。あそこまで苦手とは思わなかったよ。ここの分ぐらいは奢る」

「ありがとう。でもここ、変わったお店だよね？」

「普通とは違うかな……」

――

枇々木叶と赤瀬奈紺は、別の棟のブースへ移動した。騒ぎのあった場所から離れつつ、落ち着ける出し物を目指した。屋台を巡るのではなく、室内の店。迷った末に選んだのは

「お嬢様、若様、コーヒーをお持ちしました」

ペコリとお辞儀する奈紺と、苦笑を交えて礼を言う叶。聞き慣れない呼ばれ方がむず痒いが、この店の性質上仕方あるまい。むしろ、こうした扱いと接客を求めて入るのが『執事喫茶』というものだ。

秋葉原《あきはばら》などで流行を見せた『メイド喫茶』の、女性向け版と考えれば分かりやすい。実際、店内の客の多くは女性が占めており、紳士服のイケメン学生が接客を担当している。時折素が出る店員もいるようだが……学園祭の出し物、元々は素人だし仕方ない。数少ない男性客の叶は、担当の執事役に詫びを入れた。

「すいません。俺、浮いていますよね……」

「ははは、お気になさらず。せっかくですから楽しんで下さい。わたくしも、楽しませていただきますので」

「ありがたい。実は、彼女も不慣れで……」

「確かに。『こういう場所』を好む気配ではなさそうですな」

「そのとおりですなー」

「はっはっは、お戯れを」

幸い、ノリの良い方で助かった。楽しみ方を知らない奈紺の態度にも、場違いな男性の叶にも笑顔で応じてくれる。これなら、少しと言わずしばらく休めそうだ。

「叶！　何か食べよー！」

「よく食べるなぁ……」

お化け屋敷を挟んだけれど、屋台巡りでかなり飲み食いしていた。現に叶は、そこまでお腹が減っていない。頼んだのもホットコーヒーのみだ。

ところが、奈紺の目はやはり食べ物に向けられている。聞こえる「ジュルリ」の声。ちょっと食べ過ぎと思うが、これが赤瀬奈紺の平常運転。よく表情を変えて、よく食べる。

無自覚な上目使いにやられ、結局は叶も許してしまった。

「じゃあこれ！　パンケーキ食べたーい！」

「結構重いの行くね!?」

イカ焼き、たこ焼き、チュロスと平らげて……お化け屋敷の休憩を挟んだにしても、パンケーキを喰いに行くほど叶は空腹じゃない。同じものを頼むのを躊躇った彼は、無難にアイスクリームを注文。執事は注文を手書きで書き込むと、優雅に一礼し奥へ引いていった。

「叶は食べないの？　パンケーキ」

「お腹がまだいっぱいだから……」

「わたしの、少し食べる？」

「えっ」

「叶はいつも多めにくれるし……たまには、ね？」

それは寮の中での話だ。外でやるのは、なかなか勇気がいる行為ではなかろうか。それにここは執事喫茶。周囲の女性客から、どんな目で見られるか想像がつく。

けれど奈紺に——人ならざる彼女に理解してもらうには、時間が足りない。どう伝えるべきか迷っていれば、執事役が注文の品を運んできてしまう。

「お待たせ致しました、お二方。パンケーキがお嬢様、アイスは若様でよろしいですか」

「え、えぇと、はい」

「わぁい。あ！　お皿、もう一つもらえますか？」

「ははは、仲が良いですなぁ。そう仰《おっしゃ》ると思って、二人分お持ちしました」

「執事さん、有能！」

「ははは、大袈裟ですよお嬢様」

ノリと察しの良さが裏目に出た。執事は叶へ、意味深な笑みを見せて遠ざかる。絶対に勘違いされただろうが、反論しても信じられはしないだろう。

「はい、叶！　一枚あげるー」

「う……ありがとう」

周囲の目線が痛い。勝手に叶が意識しているだけで、勘違いかもしれない。けれどどこかから、嫉妬心に駆られた女性の目線を感じずにいられない。ジワリと背中に汗をかく彼に反して、奈紺の目線は叶のアイスに向けられた。

「……ジュルリ」

「だ、だよねー……」

予測可能、回避不可能。ナイフでバニラアイスを半分にし、奈紺のパンケーキの上に乗せる。溶けたバターと香りが混じり合い、白い色味がパン生地に染み込んだ。

「おいしそ～叶も食べよ？」

「う、うん」

なんだろう。嫉妬の目線が強くなったような気がする。先ほどより濃い邪気で、背中側からチリチリと炙《あぶ》られるような気分だ。一人冷や冷やする彼を他所《よそ》に、奈紺はアイスの乗ったパンケーキを、大口を開けて頬張った。

「んん～！　おいし～！　ふわっふわぁ～……」

　奈紺はこれも気にいったらしい。満面の笑みで目を細めるのはいいが、口元にメープルシロップを垂らしている。人目を気にしない彼女へ紙ナプキンを差し出すと、子供のように彼女はふき取った。

　――悪寒が、強くなる。もはや殺気に近い。はっきりと一度震えた叶に、やっと奈紺は気が付いた。

「どうしたの？　叶。おいしくないの？」

「そ、そうじゃなくて……なんか、変な感じがして」

「そうなの？」

「そうだよ！　と言うかこういうの、奈紺の方が敏感だと思うけど……」

「？　わたし、分かんない」

　呪いの塊たる赤瀬奈紺が、邪念について感じられない？　叶個人に向けられたモノなのだろうか……女性だらけのこの店なら、同性の奈紺に嫉妬の目が向きそうなものだけど……

「あんまりここにいたくないの？」

「ゴメン、正直そんな感じ」

「分かったー……そろそろ教授さんの所に行った方がいいよね？」

「あ、覚えていたんだ」

「うん！」

天草教授は、赤瀬奈紺に強い興味を持っている。叶には分からないが、彼女の成り立ちや在り様は珍しいらしい。変な事をされても困るが、奈紺について知りたいのは叶も同じだ。スマホの時計を確かめると、昼頃を過ぎている。そろそろ頃合いか。

教授に連絡を入れ終えると、ちょうど奈紺も食べ終えたようだ。執事だらけの店内から、逃げるようにそそくさと支払って出ていく。

「や、やっぱり店の誰かに見られていたような……」

「どうしたの？」

「いや、ほら、変な目線があった気がするけど、店を出たら消えたから平気」

「そっかー」

奈紺が感じていないとなれば、気のせいだったのか？　首を傾げて周囲を見渡すが、目をそらす人間はいない。

「叶？　早く行こうよ」

「そうだね……やっぱ気のせいだったのか？」

悪寒の正体を無視して、彼は教授のいる『郷土研究室』に向かう。

何もなかったことから、きっと気のせいだと信じて。

＊＊＊

「ったく、さっき何があった？　奈紺の気配が漏れ出てたぞ」

『郷土研究室』に来た奈紺と叶、二人を出迎えた教授の第一声は叱責を含んでいた。原因は明白で、お化け屋敷での騒動の事だ。素直に謝罪し、その経緯と詳細を語ると……厳しい口調は一転、教授は低く笑い始めた。

「悪い、確かにそりゃ予想外だ。このクラスの怪異が、お化け屋敷でガチビビリは考えられねぇよなー」

「で、ですよね！　俺は悪くないですよね!?」

「叶は専門じゃねぇし、私だって予測不能だ。うん。アレだな。不幸な事故だ。死者も出てねぇし、大勢にバレた訳でもねぇ。ちぃとばかし間が悪いかもしれねぇが……ま、大丈夫だろ」

「ほっ……」

教授のお墨付きがあれば、叶も一安心できる。奈紺は状況を読めたのか、恥ずかしそうに俯いている。時間が経ち、軽食も取って、気持ちが落ち着けば冷静になれる。悶《もだ》えるような声で抗議した。

「だ、だって！　怖かったモン！　暗くて狭いの怖いモン！」

「いや……多くの奴が『お前が言うな』って思うだろうなー……」

「ゴメン奈紺、俺も予想してなかった。てっきり堂々と前に進むのかと……」

「あれなら、ちゃんとしたお墓とかの方が怖くないよ！」

「それはツッコミ待ちかね？　高度なボケを覚えさせたな、叶」

「違いますからね!?」

反論を涼しい顔で受け流し、教授は顎に手を添えて考える。本物より作り物の方が怖いとは、いったいどういう神経なのか。

「んー……閉鎖空間に対する恐怖か。成り立ちを考慮すると……ふむ」

「天草教授、心当たりが？」

「あるにはあるが、確認せんと断言は無理。色々と確かめるためにも、赤瀬奈紺に出向いてもらった訳だ」

――今まで教授は、あくまで叶の話から奈紺を推察していた。重要と思しき点や、現代に馴染むための助言が主で、奈紺そのものへの言及はしていない。

けれど腐っても教授職。知的好奇心は人並み以上。学園祭の展示物にしても、手を抜いた様子は見られない。素人目に見ても整然とまとめられていた。

民俗学は、いわゆるオカルトと密接に関わりを持っている。表向きの本職は、教授の本性の副産物か。独特の雰囲気の教授が叶を一瞥し、彼に伝えた。

「叶、お前は席を外してくれねぇか?」

「えっ? なんでです?」

「なんでって……正気を失いたいのなら、別にいいが?」

「それ奈紺だって危ないんじゃ!?」

「アホか。一般人と違うのは、散々経験しているだろう? この子にとっちゃ屁でもねぇよ」

正体もさることながら、精神も普通と異なる奈紺。教授が言いたいのは、魔術やオカルト的な要素を全面に出した話がしたい……と言う事か。奈紺の表情は硬めだが、はっきりと拒絶する事もしない。どこかでしなければならない、必要な話と感じているのか? 戸惑う両者に対して教授は続けた。

「あまり長いこと共に居すぎて、共依存になっても困る。たまには別行動も心掛けろと助言したはずだが？」

「う……それは……奈紺が、心配で」

「気持ちは分かる。赤瀬奈紺は常識を知らねぇバブちゃんだ。それも事実だが、いつまでも保護者付きっ切りでも困るだろ」

「んー……そうなんですか？」

「そういうモンだよ。ましてや呪術そのものだ。変に依存してこじれたら、絶対災いになる。放置も良くないが、適切に距離は取るべきだ。違うか？」

専門的な人間の言葉な上、内容は至極まっとうな物だ。反論を失い口ごもる叶。奈紺は言葉を待ち、二人のやり取りを見守った。

「それになぁ……おせっかいかもしれねぇが、一人で回りたい場所もあるんじゃねぇの？」

「うーん……友人のブースはいくつか。奈紺と一緒だと……」

「冷やかし食らいそうで怖いか？」

「はい。中沢以外は、ですけど」

「だったら回って来いよ。ここへ奈紺を預けるようなモンと思えばいい」

「子供の預かりセンターですか!?」

正直なツッコミを受けて、乾いた笑みを漏らす教授。発想は近いが、奈紺の呪物ぶりをこう評した。

「精神はその通りだが、癇癪《かんしゃく》起こした時の被害がシャレにならねぇ。専門家の私なら安心だろう？」

「それは……まぁ」

「いつかやらなきゃいけねぇ事だ。グダついてないで行って来い」

煮え切らない叶を、強引に外へと押しやる。不安げに奈紺へ目を合わせると、少々寂しげな笑顔を浮かべて、けれど元気に手を振っている。

教授の言う通り、叶が心配しすぎだったのかもしれない。確かに、いつも一緒に居続ける訳にもいかないし、彼女が一人で出歩けるようになるなら……それはそれで喜ばしい事じゃないか。

何度か足を止めそうになるが、過保護だと自分に言い聞かせる。他の知人のブースを目指し、叶はゆっくり『郷土研究室』を後にした。

＊＊＊

「全く……ちぃとばかり過保護だろ、叶」

　叶が遠ざかるのをわたし達は見送った。寂しい気持ちは本当だけど、話さなきゃいけない事はある。前々から分かっていたから、わたしは我慢した。

「改めて……こうして話すのは初めてかな、赤瀬奈紺」

「ん……そうですね」

　わたしこの人苦手。雰囲気？　気配？　この人の性格なのかな……わたしが、わたし達が憎んだアイツに、感じが似すぎていて……違うって分かっていても、いやだ。

「私が苦手らしいが……そこも含めて尋ねたい。叶から経緯はざっくりと聞いている。しかし彼は巻き込まれた側の人間だからな。詳しいとは思えない。つーか、ちょっとでも霊感あるなら一秒で逃げ出すに決まっている」

「そうなんですか？」

「そうだぞ。ざっくり話を聞いただけだが、呪術の正体は『蠱毒《こどく》』と察しがつく」

　聞いたことがあるような、無いような。わたしじゃなくて、わたしが食べた誰かの記憶なのかな？　ぼんやりするわたしに、教授さんはつらつらと話す。

「蠱毒って奴は有名な上に、成功率も高い。ただ……術で生まれた呪いに、人格が宿るって話は初耳だ。私個人が一番気になる点は、そこだな」

「……？」

なんの話なのだろう。ピンと来ていないわたしに、教授さんは考えるしぐさをした。教授さんは考え込むとき、顎に握りこぶしを添える癖があるみたい。しばらく立ったままの教授さんは、わたしを奥の部屋に招き入れた。

「あー……安心しろ。余計なモノは仕込んでいない。私ごときが手を出したら、絶対にロクなことにならないからな」

教授さんの奥の部屋は、なんだかよく分からないモノで溢れている。そこから流れてくる匂いは……うん。きっとわたし達側の道具だ。呪いの道具とお祓いの道具が分けられているけど、多いのは呪いの方？　筒の中に入った綺麗な青い石も、遠い土の気配と『不思議な』感じがした。

お面とか、農具？　とか……いろんな『不思議なモノ』を集めるのが好きなのかな。でも教授さんの言う通り、わたしをやっつけようとか、そんな感じはしない。この部屋は大丈夫そうだけど、わたしは――叶には見えていないモノに目を合わせて、質問した。

「肩の鳥さんも、ですか？」

「コイツは……私に生まれつき憑いていた悪魔だ。悪魔は分かるか？」

「ん……わたし側だけど、微妙に違う？」

「うむ、そこも含めて話そうか」

鳥の悪魔さんは動いているけど、声は聞こえてこない。何かは分からないけど、喋れないようになっている……のかな。何にせよわたしと戦うつもりはなさそう。ちらりと教授さんへ向き直ると、何の変哲もない、いくつかの本を差し出した。これは確か……マンガ？

「あれ？　分厚くて、文字だらけの本じゃないんですか？」

「君には読みづらいだろう？　これらは……近年発売された『蟲毒』をモチーフにした漫画作品だ。他にも呪術系の漫画や作品なら、かなり高い割合で『蟲毒』が取り上げられる」

「有名……なんですね。わたし」

「君が、ではないな。この術式が有名なのだよ。しおりを挟んであるから、そこから読んでほしい。君が生まれた過程と合致するか確認を頼む……辛いかもしれないが」

「ん……分かりました」

ぺらぺらと紙をめくって、本の中の物語を読むわたし。色々な話があるけれど――『閉じ込められた空間で』『最後の一匹になるまで殺し合う』展開は変わらない。毒虫や呪い同士もそうだけど、中には人間同士で殺し合うモノもあった。

わたしが話を読んでいる間に、教授さんは『蠱毒』に関する知識を語りだした。

「『蠱毒』は見ての通り現代でも有名だ。こうして題材になる事も多いが、歴史自体も古い。元々は大陸系の呪術だな。中国や朝鮮半島と交流を持った際に、この呪いも伝えられた。この辺りは妖怪の妲己《だっき》や、風水術が日本に伝来した流れと近い。そして厄介なことに……この『蠱毒』って呪いは再現性が高かった」

「ええと、なんですか？　どういうこと？」

「材料と準備、儀式の実行と完了がシンプルでな。複雑な儀礼や道具はいらない。要は『大量の生き物を狭いところに押し込んで、最後の一匹になるまで殺し合わせる』という基本の枠組みさえ守れば、この呪術は成立する。材料に毒蟲がいなくても、中に人間を突っ込んでも問題ない。あんまりにも手軽なモンだから、呪術が信じられていた時代には――『蠱毒は法律で禁止され、もし発見されれば罰則がある』なんて時代もあった」

「逮捕されちゃう……って事ですか？」

「その理解で間違いない。時期や地域によっては重罰だ」

詳しい事は分からないけど、とても悪い事みたい。本を読んでいても、どれもドロドロとしたやり取りや呪いが伝わってくる。嫌な光景だけど、懐かしいと感じてしまうわたしに……教授さんは続けた。

「ま、作られた側からすりゃ、生まれる過程が罪とか知ったこっちゃねぇわな。人間を題材にした作品なら分かりやすいが……この状況を強要した奴が一番悪い」

「ん……そうですね。三回も、同じことをやらせるなんて」

「待て、三回？　そこを詳しく」

どうしたんだろう。教授さんの表情が変わった。ずっと淡々と話していたのに、急にどうしたのかな？　わたしは素直に答えた。

「三回は……三回です。狭いところに閉じ込められて、わたし達は一人になるまで……」

「……それを三回？」

「はい。一回目が終わった後、綺麗な所で……えぇと、その、飼われていました。あの男に」

「男と言うのが……私と雰囲気が似た相手、術者だな？」

「はい。しばらくは普通に暮らせていましたけど、しばらくしたら『また』同じような事が起こりました。後から分かったんですけど……二回目は『一回目を乗り越えた生き物』同士で」

「──それは、聞いた事がないな」

あの時は気が付かなかった。あの男が、わたしを作り上げた事に気が付かなかった。ただあの苦しい世界から、救われたのだと錯覚していた。

苦い記憶、わたしの中にある『毒』が暴れる。教授さんはため息を吐いて、部屋の奥から飲み物を差し出した。

「辛そうだな。呪詛《じゅそ》が漏れている。まぁなんだ……これでも飲んでリラックスしな。話すのはゆっくりでいいし、辛かったらやめて良い」

「ありがとう、ございます」

差し出された缶ジュースを受け取り、すべてを一気飲みするわたし。

わたしの中で暴れるモノは……けれどどこかで、誰かに聞いて欲しかったんだと思う。一度しゃべり出すと、わたしの昔話は最後まで終わらなかった。

＊＊＊

「――……よくあるオチ、と言われればその通りだが。本人から聞くとキツいな」

話の流れは、さほど珍しいモノではない。術者が見誤った挙句、作り上げた呪いに逆襲されて死ぬ。人を呪わば穴二つとはよく言ったものだ。

毒素の強さは納得したが、天草教授は新たな疑問が胸に湧いていた。全く触れられていないので、悪いと思いつつ直接尋ねる。

「しかし……何故君は人の形をしている？　聞く限り、蟲毒の術式に人は含まれていなかったのだろう？　あったとしても一回目。二回目以降でない以上……」

「？　変なの？」

「君が人の形をとっている原因が、全く想像ができない。君は呪詛と毒素の塊と化しているし……人を材料にした蟲毒ならともかく、通常の蟲毒が人へ化ける必要はない」

怪異は必ずしも、人の姿を取る必要はない。人間を祟ったり呪うなら、むしろ化け物や他の生物に寄せた方が良い。聞いた限り、赤瀬奈紺の本性は……何らかの毒を持つ生物だ。相手を害するなら、人間にわざわざ化ける必要性が薄い。

となると……赤瀬奈紺の精神性が影響している？　天草太一は問いかけた。

「君の性格は、昔から同じものか？」

「えぇと……どういうこと？」

「元の生物……蟲毒の前だった記憶もあるのだろう？　君の性格、人格はその頃から存在したか？」

「ん……はっきりと考えられないですけど、同じ……かなぁ」

「ふむ……食った相手を使役できるとも聞いた。元の毒虫の人格が混ざる事は？」

「アイツを殺した時だけ、アイツを殺す前だけ、激しかったと思います。たまに、暴れそうになることもありますけど……叶と一緒になってからは、かなり落ち着きました」

まるで病院の診察だ。症状は現在、小康《しょうこう》状態に見える。元々は強烈な呪いである以上、発作を起こしたら被害は彼女だけに留まらない。ひとまず安心した教授は、次の質問に取り掛かった。

「つまり――別の人格が混じる事はない。あくまで主軸は赤瀬奈紺……その前身の精神が中心なのだな?」

「はい。わたしは、昔からわたしです」

「そして喰っていない以上、術者の知識や人格も入っていない……か」

「アイツだけは、絶対に食べません」

「そうか。しかしそれだと……難しいな」

難しいと濁したのは……奈紺の事情ではなく教授の『オカルト専門家』としての見地から。

この呪術を行った術者を捕縛し、他の悪事も吐かせたいが……ソイツは自ら作り上げた呪いの反逆を受けて即死。奈紺が食っていれば知識や情報を抽出できたかもしれないが、経緯を聞くに完全に失われたと見ていい。これでは、一つの大きな問題が生まれている。

この術者が何者なのか。これが行われた設備がどこなのか。そして現在、設備がどのような状態なのか……さっぱり分からない。人目につく領域なら、とっくに奈紺や叶にも足がついているだろう。となれば、誰の目にもつかない領域で、一人で死んでしまったに違いない。これでは術者の保持する呪物が、放置されている可能性が高い。こんな呪いを生み出せる場所が、一般人の目につくのは危険すぎる。

「君が作られた……失礼、男が実験していた場所は覚えているか？　何か目印でもいい」

「どうして？」

「後始末が必要だ。その男は『君だけを』作っていたとは考えにくい。他の呪術の研究を、並行してやっていてもおかしくない。残った呪物や研究資料を悪用されたら、二次被害が生まれかねん。処分にしろ保管にしろ、適切に扱う必要がある」

専門家の口調で教授は話す。顔色の悪さも自覚し、危険性をべらべらと喋るが、赤瀬奈紺に響かない。奈紺はぼんやりとした表情の後、ぽつぽつと記憶を掘り起こし始めた。

「そう言われても……スマホとか、便利な道具を全然持っていませんでした。景色も深い森の中で、目印なんて何も――あっ、でも大きな山が見えました。てっぺんも白かったと思います」

「それで特定するのは難しい。他には？」

「えぇと……森の中が、すごくわたし達に近い空気だった気がします。あと……あと、これは、怒られる事かもしれませんけど……」

「なんだ？」

「あの森の中で、たくさん人が死んでいました。男の人も、女の人も、若い人も、老いた人も。たくさんの死体が森の中に」

「参考にはなるが……難しいな。森の奥で行方不明者や、自殺者が見つかるなんてのはよくある。それに森は西洋、東洋問わず異界化しやすい。参ったな」

天草太一は考え込んだ。はっきり言って手詰まりに近い。怪異の恐ろしさを知る身としては、彼女を作り上げた場所は特定しておきたい。

例えるなら『扱いに専門知識が必要な、特殊な危険物が詰まった倉庫が……所有者不在、無管理無人で放置されている』ようなもの。野良の専門家に発見されて、悪用されるのは避けたい。扱いを知らぬ素人が接触しても危険だ。何とか処理したいが、手掛かりが少なすぎる。

「どうにか処理するしかないか……仕方ない。私の方でなんとかしよう。すまない、話が少し逸れたな。……何か言いたい事がありそうだが」

「わたし……その、いくつか、死体を」

言いづらそうに、躊躇うように、赤瀬奈紺が何事か口にしようとする。察した教授はすべてを言わさず、結論だけを端的に述べた。

「……食ったか？」

「……はい」

「いや、それ以外あるまい。蠱毒の材料に人間が含まれていない以上、どこかで人を取り込まなければ……擬態さえままならないだろう」

食った相手に擬態できる能力で、赤瀬奈紺はその体を手に入れた。人の法で考えれば死体損壊に該当するが……動物相手に、人の法を適応するのも虚しい。死肉を喰って大地に還すのは、生命のサイクルとして自然な事。人の身体と、人の精神を学びつつある奈紺は、言いづらそうに教授へ尋ねた。

「あの……怒らないんですか？」

「何が？」

「わたしの、したこと」

「死体を喰った事か？　それとも……一人、殺した事か？」

「……両方とも、悪いこと、なんですよね？」

問いかけは真摯なようで、どこか空虚な響きがある。認識が噛み合っていないのだろう。

叶に話しているとは思えず、教授なりの言葉で彼女を慰めた。

「どうかな。野生動物の価値観で考えれば、珍しい行動ではない。人間の死体なんて、自然界じゃ肉の塊だろう。それに腹を空かせればやむを得ず……と言う話は、極限状態なら人間でもあり得る」

「ん……でも、アイツを殺した事は？」

人であれば自然な疑問。されど彼女の言葉には、なんの熱も芯も通っていない。ぽっかりと罪悪感が欠けてしまっているような……そんな印象を覚えるだろう。

まるで人間の凶悪犯。人を一人殺しておいて、感情一つ揺らぎを見せない奴はまともじゃない。されど赤瀬奈紺の正体は、そもそも人間ではない。人としての道徳や社会性を、身に着ける機会が全くなかったのだ。最初から破綻している人間に近い反応も、仕方ないだろう。

おまけに一般人ならともかく……相手は呪術を用いた人間だ。内容も被害者目線で見ればば……憎しみを込めて殺されても、文句は言えない。

返答を慎重に探る教授に対して、悪魔は皮肉たっぷりにため息を吐く。珍しいと感じつつ、教授は奈紺を擁護した。

「それは野暮な問いだろう。君が術者を殺さなければ、君は術者の奴隷か、道具扱いだろう」

「道具？」

「呪いとは、要は人に災いを振りかけるモノだ。そこに人格や意思は必要とされない。現代風に言うならミサイルやら銃弾だな。早い話が『相手を害する霊的な武器』……それが呪いだ。

つまり……君は術者に命じられるまま誰かを殺すか、術者をブチ殺すか、自分が殺されるしか無かった。人間様のお上品な倫理観で、救われるような状況では無かった。酷い選択肢しか選べない中で、比較的マシな結末と私は判断する」

呪術の儀式に巻き込まれた。それだけでもかなり運が悪いが、その上で突きつけられた選択肢は酷いものだ。霊的な武器として運用されるか、反逆を起こして術者を殺すか、あるいは躊躇して術者に処理されるかの三択問題……その結末を倫理だ罪だと言い合うのは勝手だが、本人の証言を聞いて……彼女を悪と断じるのは、打算を抜きにしても、できなかった。

「ただ……私は分からん。何故君は自我を獲得し得た？」

「どういう……ことですか？」

すっ、と奈紺の瞳が細められる。わずかな不快感と怒りを覗かせ、教授と肩の悪魔は軽く震える。あくまで冷静に、淡々と、専門家として意見を述べた。

「先ほど述べたように、呪術や呪いとは相手を害する凶器だ。故に、扱いを誤れば自分を傷つける。場合によっては命も落とすし、下手をすると死後にも影響が出かねない。だから呪術師、魔術師は慎重に扱う」

「ごめんなさい。分からないです」

「そうか。ではたとえが必要か。——確か、叶と料理をした事があると聞いたが。事実か？」

「はい。少しだけ、ですけど」

「包丁を扱ったり、火を扱った事はあるか？　あの手の器具は、食材を料理に加工するのに必要だ。だが……扱いを誤れば指を切ったり、火事を起こしたりといった危険性を含んでいる。これは分かるな」

しばらく考え込んで、赤瀬奈紺が頷く。感情を読み取れる目は、通じたのだと信じたい。

少々残酷な言い回しになると知った上で、教授は事実を伝えた。

「けれど……例えばこの包丁や火を起こす機械が、自分の意思を持って動けたらどうなる？　例えば意図的に悪意を持って、持ち主に襲い掛かったり、火事を起こせたりしたら？」

「それは……こわい、です」

「だろう？　道具はあくまで道具であるべきだ。使用者によって、安定して動いてくれる事が肝心だ。そこに——道具本人の意思や判断はいらない。そんな『不安定さ』は危険な要素にしかならない。それは——『呪い』も同じなのだよ」

「——……わたしは、いらない、と？」

じわりと、無言でにじみ出る圧力。自己を否定されて、反発しない魂など無い。この反応こそ、彼女に明確な自我が宿っている証拠と言える。暴発させないように、胸の中に湧く恐怖を抑えて、教授は知識を並べた。

「まともな術者なら、呪いに人格を付与しない。仮にあったとしたら、即座に消しにかかる。いや……そもそも人格を『生じさせない』手順を踏むはずだ」

「何が、言いたいの？」

「赤瀬奈紺にせよ、その前身たる生物としての人格にしろ——残っている事、生じている事、そして今ここにいる事、そのすべては計算外《イレギュラー》だ。君が特殊なケースなのか、術者が未熟だったのか……君の話を聞く限り恐らく後者だろう。強力な呪いを作ることに注力しすぎて、制御を疎かにした。そんな所か」

淡々と、事実ベースで、責めないように現状を告げる。これでも傷つきはするだろう。

けれど叶では、あのお優しい男では、絶対に奈紺を庇ってしまう。

意図的に傷つけるつもりはない。けれど、全く傷を負わない生き方あり方を良いとは思えない。いつか向き合わねばならない事だ。

まだ早いかもしれない。なれど、一度も触れないのも良くない。仕掛け時を確かめる意味でも、この問いかけ、この問答は必要と考える。しばらく無言で反応を待つと、奈紺の感情は反発を示した。

「わたしは……でも、わたしは、なりたくてこうなった訳じゃない、です」

「……だろうな。望んで力を得た訳ではない。望んで今の状況になった訳ではない。君は被害者だが——同時に間違いなく加害者でもある。情状酌量の余地はあるが、堅苦しい人間は『罪は罪だ』と言うだろう」

「……」

「だが、同時に私はこうも思う。『そんな上等な理屈はクソ喰らえ』とな。

残念ながら……自分の意志や選択に関わらないところで、自分ではどうしようもない所で、運命が決まってしまう事はある。どれだけ努力しようが、変えられない理不尽は存在する。赤瀬奈紺……君が呪いになったのも、自我を持ったのも、君自身の努力で回避できたとは思えん」

「……」

反応は薄いが、否定や拒絶の色はない。真実を受け止めようとする目線が、天草教授を見つめていた。

「個人の意識や行動で、どうにかなる事の方が少ない。世界の奔流《ほんりゅう》からすれば、一個人の力など微弱なものだ。だが——そのささやかな変化で、回避できる事もある。どうしようもない運命の中で、努力していれば藁ぐらいは掴める」

「わたしも、そうした方がいいと思いますか？」

「好きにすればいい。どうにもならんと堕落するのも、必死こいて地獄に落ちるのも、ほんの些細な可能性に手を伸ばして掴むのも……好きにすればいい。

少なくとも、君はもう道具ではなくなった。災いだったモノに、確かに意思が宿った。そうであるなら私は無下にしない。『自我や精神を持ったモノに対し、物扱い』は、大いに恨みを買う行為の一つ。結局のところ……君自身にしか、君の生き方は決められない」

「……まだ、そこまでは」

「考えるのは難しいか？　人としての感性も未熟だし、仕方なくはある。人間だって、未熟者が大量にいる時代だしな。無理もないが、それでもいつか決めねばならん」

こんな話はまだ早い……とも思う。こんな助言が、届く可能性も低いとも。

しかし、いつまでも先延ばしにはできない。事情を知っている自分達はともかく、外側の人間は、彼女を『見た目通りの年齢』として扱うだろう。体の大きさからして、叶と同じ大学生……いや、動作の幼さや体格からして、高校生か中学生の人間として、扱われるに違いないのだ。

けれど、大本が生物である以上、恐らくは成長する可能性が考えられる。寿命の方は分からないが、条理を超えている可能性は大いにあり得る。

となれば……どんな形であれ、何とか社会に溶け込む必要がある。あくまで今は緊急避難として、この関係でも良いが……いずれは身内だけのコミュニティだけで、生きていく事は難しくなるだろう。教授の肩に止まる悪魔はケロリと笑い、呪いの彼女は首を傾げる。教授はため息を――だが、今までとは異なる、少しだけ笑みを浮かべたため息を吐いて

――長い話を締めた。

「まだ願望も固まっていないかね？　生きる甲斐も分からんか」

「えぇと……はい」

「そうだな。自分が生きる理由、自分がここにいる理由……そんなところか。ただの動物はそんな事を考えないが、知性を得ると……どうにもならないのに、どうしても考えてしまうモノさ。君は……人と動物の中間かな、今の所」

「……わたしの事、心配してくれて、いるんですか？」

「そうだな。他にも……知った顔が呪いで死ぬ所は見たくない。巻き込まれたとはいえ、軟着陸への努力はする。たとえ無駄に終わったとしても、だ」

「それが、教授さんの生き方？」

「まぁな。上手い事努力した結果、やかましいこの性悪悪魔と付き合えている。叶が想像するほど共存は簡単ではないが……多くの人が絶望するほど、和解や対話は難しくない」

教授とハルファスとの縁は、それこそ『努力で避けようのない運命』だったが……今はこうして大人しくしている。コイツは完全に気を許せる相手ではないが、お互いにどう付き合うべきかは知っている。

すべてが努力で解決できる訳ではない。しかし折り合いをつける事は出来る。努力の過程で、得られる知識もある。その瞬間瞬間で役に立たなくとも、実を結ばなくても、過程で得た経験は無価値ではない。少なくても、教授はそう信じている。

「すぐに結論が出る事ではないが……怪異側に寄るにしろ、人の世側に寄るにしろ、まずは知識と教養を身に着けていくと良い。君がこうなった経緯は不幸だが、君を取り巻く環境は不幸ではない。心を決めたり、その材料が欲しいなら来るといい。私なりの助言はしよう」

「ありがとう、ございます。教授さん」

「礼には及ばない。これが私の本職だ。あるいは……」

「教授さんの、生きがい？」

「……そうかもな。他者の行く末に対し、少しでも良い未来と道筋を提示する。それが……私の在り方なのだろう」

結局のところ天草が『教授』職に就いたのは、天草に適性があり、天草が望んだ部分が大きい。彼もまた限定された選択肢の中から、今に至る道を選んだ人間に過ぎない。

己の生き方の選択肢……自分で選び取れる物もあれば、どうしようもない運命に翻弄される事もある。問題は……どこまでが変えようのある事で、どこからが抗いようのないモノなのか、判別するのが非常に困難な事だ。第三者の目線でさえ、努力と運の差が曖昧な事は多々ある。

不運と嘆いて腐る人間が、その実多くが努力で回避可能な事柄だったり。

自らの実力不足を責める人間が、事実は途方もない不運の連続だったり。

人の認識と現実は、どうしてこうも噛み合わないのか。多くの悲劇に見舞われ、多くの物語で語られて尚……ソレは飽きることなく、現実に繰り返され続けている。

「いつかわたしも……考えられるようになるのかな」

「私個人としては、そうなる事を望む。……さて、そろそろ叶も帰って来る頃だろう。まだ少し時間があるが、ここの研究室で気になる物はあるか？」

「んーと……何かおいしい食べ物ある？」

「おいおい……」

呆れる教授、キョトンとする奈紺。一応食べられるモノはあるが、気楽に渡せるブツは無い。肩に止まった悪魔も、腹を抱えて笑っている。なんとも言えぬ空気の中、近寄る足音に奈紺は振り向いた。

どうやら叶が帰って来たらしい。診察もちょうど終えた所だし、タイミングも良い。彼らの今後が、より良いモノとなる事を祈りつつ……若者達の姿を教授は見送った。彼らが立ち去るまで見つめていたが……憂いを帯びた瞳が、不意に虚を突かれたように揺れた。

「……大人しかったな、ハルファス。赤瀬奈紺の話はお前好みだろうに」

一般人の目に見えない肩の鳥……教授に憑いた悪魔が囁く。天草教授にしか聞こえない声で、彼だけに意思を伝えていた。

「お前だって……あぁ、煽るのは得意だが直接戦闘では勝てない？　――そうか、余波で私も巻き込まれるか。なんだかんだで、お前も私との共存を考えているじゃないか」

しばらく教授が黙り込む。独り言は終わったのだろうか？　しばし佇む教授が、他に誰

もいない部屋で再び口を開いた。

「――分かっているよ。容易な事ではない。だが彼女は……迷うかどうかも手前の段階だ。慎重に見守るしかあるまいよ。――ったく、悪趣味な奴め」

悪態を吐きつつ、教授は奥の部屋へ戻っていく。

取り出した一冊のノートには、奈紺について書き記されていた。

幕章　コドクの儀式

わたしは飼われていた。あの男の用意した部屋の中で。

一回目を潜り抜け、二回目の闇の中でも生き延びた、わたし。たくさんの毒を食べて、毒をため込み、身体も一回り大きくなった。

わたしの身体は、間違いなく成長していて……そして毒々しい斑模様が増えていた。橙色の眼だけがそのまま。わたし、どうなっているんだろう……と、ぼんやり考える。

身体の中では、今まで食べて来た毒虫が蠢いている。男を見る度にざわついて、毒を、呪いを、注ぎ込もうとする。

酷い事を考えている。だってそうでしょう？　二回も暗闇から、地獄みたいな壺の中から助けてくれたんだよ？　その人を呪ったり、噛みついたりなんて、絶対にダメ。なのにわたしの中の誰かが……食べて来たみんなが、そうすべきだって叫んでいるんだ。

「……こいつは、次を超えられないだろうなぁ。出来れば生き残ってほしいなぁ……扱いやすいし」

言葉の意味は、分からない。けど、男はわたしの身体を拭いている。たまに頭も撫でてくれる。ほっこりするわたしの心と、わたしの身体で暴れる毒と呪いで、わたしは板挟みだった。

この人は助けてくれて、そしてわたしを可愛《かわい》がってくれる。綺麗で安心できる住処に、おいしい食べ物、寝床、敵のいない世界。これ以上は無いと思うし、ましてやこの人を襲うなんて……この時は、考えられなかった。

——襲う理由が出来たのは、身体の中の誰か……わたしが食べて来た誰かの言う通りだと気が付いた時は、わたしはまた暗闇の中にいた。

どうして……どうしてわたしの平和は、こんな簡単に途切れてしまうのだろう。眠っている間に、また真っ暗闇の中に投げ込まれてしまった。目を開ける。絶望が心に湧く。そして毒が……わたしの中で渦巻く毒と呪いが、凄まじい憎悪で身体中を焼いた。

熱い。

熱い熱い熱い……！

苦しくて、悲しくて、すごく……何かが憎かった。何がどう、と、すぐには分からない。今まで通りなら、絶対に他の毒虫が来る。この怒りと憎しみをぶつけてやる……と意気込んでいたら、急に世界が明るくなった。

今回は……丸々一つ、大きな部屋の中に、わたしを含む毒虫が集められている。この前よりもずっとずっと強そうだ。目を合わせた瞬間――それが『鏡』な事に、ようやくわたしは、わたし達は気が付いた。

――あの男が、わたし達にこんな運命を作っているんだ……

わたし達を壺に閉じ込めて、殺し合わせている。殺し合って、弱り切って、そこに救世主のように現れる男《じゅつしゃ》は、わたしを助けたんじゃない。あの男は、とんでもなく酷い事を繰り返していたと、やっと身体の中で暴れる、毒と呪いの理由が分かった。

一回目は普通の毒虫同士で殺し合い。

二回目は『一回目』を超えた毒虫同士で殺し合いをさせた。

そしてこの場は――『二回目』を乗り越えたモノ同士で、一人になるまで殺し合えと、あの男は強要している……

わたしが感じた事……二回目の時、周りが強すぎたのは『同じように生き延びていたから』だったんだ。そして食べた毒虫が、身体の中で蠢いて……何か叫んでいたのは、あの男への怒りと不信、恨みだったんだ。

あの優しさは、嘘だったんだ。地獄のような場所から、助け出した事も……その後優しく扱って、飼育していたのも……全部全部、嘘だったんだ。それが分かった瞬間、わたしは身体の中に在る毒と呪いが、心の中にまで馴染んでいくのを感じる。

——周りの毒虫達……わたしと同じ立場の子達も、同じように憎しみと呪いに順応していこうとした。何匹かは耐えられなくて、その場で血を吐いて死んじゃった。

三回目のわたし達は……殺し合わなかった。

今までの経験が、あの男の嘘の優しさが、あの男こそがすべての元凶と気が付いたわたし達は、殺し合って生きても、あの男を喜ばせるだけと考えた。気持ちはみんな一緒だった。ここから出て——あの男を必ず殺してやる。今まで抱いていた感謝の気持ちも、今はすべて呪いと憎悪に変わっている。脱出してやる、と息巻いたわたし達は、この部屋から脱出しようと協力した。

でも……この部屋はすごいモノだった。

毒はもちろん、呪いも効かない。わたしや……大きなトカゲさんが、交代で同じ場所に、何度も体当たりしてもびくともしない。みんな力が強いのか、ちょっとやそっとで死んだりしないけど……一番つらいのは、空腹だった。

最初の数回だけ、部屋の上から何かの血が降って来た。人間の血みたいで、飲める人はそれを飲む。それでも耐えられない時は……呪いを吐いて死んでいった、仲間の死体を喰って生き延びた。

その度に、毒が回る。

その度に、呪いが回る。

ますますわたし達は、より禍々しく、怖ろしいナニカと化していくのを感じる。それでも、二回目の時より苦しくない。きっと……あの男への怨《うら》みは、みんな同じだったから……だろう。それでも耐えられなくなった呪いは、血を吐いて死んで……それがまた、生き残った毒虫達の糧になった。

一人、また一人と毒と飢えで倒れていく。派手に争っていない分、減り方は遅いけど……抜け出す方法は、見つからない。数日かけて死んでいくと……大きなトカゲと二人きりになった。

トカゲは、もうかなり苦しそうだった。わたしも苦しいけど、まだ耐えられる。お互いの傷を舐め合って、何とか生きようとするけど……トカゲは、諦めて目を閉じた。

──最後の一人になれば、多分この部屋から出られる。だから……トカゲは、死ぬ事を選んだ。

口から毒液を吐いて、自分の身体に振りかける。苦しそうに悶えた後、蛇のわたしに目線で伝えてくれる。

生き残れ、そして男を……

わたしは、また一人になった。毒液まみれのトカゲを喰って、扉が開くまで生きて見せる。身体に回る毒と呪いは、もう苦しくない。みんな……思いは一つだったから。

「ひひひひっ！　いひひひひひっ！　完成！　完成っ!!　これがボクの——蟲毒の三倍体っ!!　見てろよアイツら……みんな殺して、死んでからもボクのシモベにしてやるっ!!」

自分よりずっと弱くて、毒も持たないあの男が、無防備に近寄って来る。

——わたしは、すべての力を注いで、その男に牙と毒と、呪いを突き立てた。

＊＊＊

『それ』は創造主に反旗を翻した直後、しばし設備内で呆然としていた。

達成感はある。閉じ込められ、呪術の素材にされ、理不尽な宿命を押し付けた術者を、自らの手によって殺害すれば、幾分か溜飲も下がる。

けれど、その後はどうすればいいのだろう？　確かに自由は得たし、敵は葬った。もうここで自分を管理、あるいは世話する者もいない。けれど人間でもない以上……人間の作り上げたこの設備を、利用する事も難しいだろう。

されど『それ』は感じていた。もう自分は、自然に戻れない事を。

呪術の儀式により、無数に死んだ毒蟲の群れ。その集合体であり、呪術の完成体である『それ』は、元となった生物すべてが野生動物だった。本能的、生物的にふるまう事は不可能じゃないが、有する毒性の強さは『自然界にあってはならない』次元に達している。

無数の毒素を扱えるだけではない。霊的な、呪術的な毒も宿している『それ』は……いわば共存し得ない二種類の毒性を有している。科学や医学面での毒と、オカルトや呪詛の面の毒。二種類の濃縮された毒性を持つ『それ』は、禍々しい怪物と化していた。

条理を逸した存在となったが……生命としての性質を残している。故にこのまま留まる訳に行かない。幸いな事に、外気が流れる場所は感知できたので、流れに沿ってゆっくりと出ていった。

久々に見えた外は、信じられないほど深い森の中だった。遠くに頭の白い、大きな山がちらりと見える。逼塞した空気ばかり吸っていた『それ』は、自然の空気に感動を覚えていた。

だが同時に――『それ』は感じていた。自然が、森が、出現した異物を強く恐れている気配を。この世ならざる存在へ変異した『それ』を、排斥するような雰囲気を出している。明確なメッセージを発している訳じゃないが……肌にひりつくような感触を、確かに感じていた。

早くここから、遠ざかった方がいいのだろう。悲しい気持ちになるが、この森に自分の居場所はないと察した。

『それ』は周囲の空気に促されるまま、適当に、けれど真っすぐに移動を始める。深い深い樹海を進むうちに、動物の死骸を見つけた。

森に動物の死体が転がっているなど、別段珍しい事ではない。『それ』が注意を向けた理由は、呪いを行った種族と同じだから……だろう。地面に転がっているだけでなく、何故か宙ぶらりんで吊られている死体もあった。

『それ』はしばし迷ったが、自らの体調を考えて近寄った。餓《う》えはさほどでもないが、過酷な環境で生きて来た経験からか……食える時に食っておくべきと判断したようだ。腐りかけた肉塊だが、野生動物にとって死肉を喰らうのは珍しくない。毒素も無いなら『それ』にとってはごちそうだった。

適当な死体を喰うと、奇妙な何かが頭の中に入って来る。この時『それ』は初めて気が付いたが、どうやら喰った相手の情報を取り込めるらしい。今まで毒のある生物と殺し合い、死体を喰って生き延び、獲得した性質だろう。

元々無数の生命を取り込んでいたためか……『それ』は知性を得つつあった。育ちつつあった知性に、死体が持っていたであろう知恵が流れてくる。『それ』が念じた瞬間、身体の一部が剥がれて分体となった。分離して自由に動きまわらせる事に気が付いた。どうやら捕食したモノを分離して、ある程度操作する事が出来るらしい。『それ』が自らの能力だと気が付いた。

『それ』は知恵を持った動物の死体を探し始めた。面白い事に、呪術師の同族は森の中で無残な姿をさらしていた。どれもこれも、明らかに弱い。捕食するたびに『それ』は、情報を、知恵を、獲得していった。

やがて『それ』は、自らの思考を深めるために……一時的に死体だった生き物へ化けた。死体は『それ』と戦ったどの生き物よりも弱く、毒も持ち合わせていない。しかし、今まで対峙したどの生き物よりも賢い。知恵を求めて擬態した『それ』は、ぼんやりと二足歩行で歩き始めた。

あまりにも弱い。最初に感じた感想はそれだけだ。

筋力は脆弱で、二足歩行の体勢はバランスを崩しそう。皮膚も特段保護されておらず、爪も牙も役に立ちそうにない。死んでいるのも仕方ないのかな、と考えた所で……安定して『思考』できる事実に『それ』は気が付いた。

この力があれば……この知恵が最初からあれば、自分達を作り上げた術者を、もっと早く葬れたかもしれない。もっと早く気が付いて、最後の一人になる前に逃げ出せたかもしれない。

『それ』は強く戸惑った。この姿でいると、色々な考えや感情がグルグルと巡って来る。蛇に喰され、初めて知恵を得た人類のように……その煩雑さと生じる感情に押し流されてしまいそうだった。

異なる点があるとすれば——『それ』が怪異側であり、性質が負の感情を濃縮して作られた呪術な点。知らなければ、そのどす黒い憎悪と呪詛の強さを、理解する事も無かっただろう。

しばし立ち尽くした『それ』は、思案の末に最も賢明な選択をした。扱いきれない知恵を使うのをやめ、直立二足歩行の生命のカタチをやめた。

『それ』にとって最も慣れた形……臆病で大人しく、しかし猛毒の牙を持つ一匹の生き物の姿を象《かたど》る。するすると森の中を慣れた動作で進むが、森は出て行けとうるさいままだ。

知恵を得た『それ』は、やがて直立二足歩行の集落に近づき始めた。蛇の姿で近づけば……外から拒絶され、一人きりでいる苦しさが紛《まぎ》れると信じて。

『それ』が『寂しい』『孤独』というモノと理解するのは——もう少し、先の話だった。

第三章　怪異の彼女

枇々木叶、大学二年生。最も忙しい時期を乗り越えた彼に、叔母の枇々木頼子《よりこ》は労働の権利を言い渡した。

最寄り駅まで二十分、のどかさたっぷりのこの地域に移り住んで一年と少し。周囲は農地に囲まれており、あちこちで春野菜が実っていた。

農家として働く叔母の畑も例外ではない。春キャベツが大量に成熟し、収穫と運搬が間に合わないという。

本音を言えば断りたい。農家として忙しい時期なのも分かるが、同時に大学生としても多忙な時期だ。新学期のゴタゴタが一段落した所で、重めの肉体労働は勘弁してほしい。

しかし悲しいかな、叶の住居は叔母の寮だ。身内の口利きもあり、色々と便宜《べんぎ》も図ってもらっている。困った時に助けられた以上、こちらから断れば心証が悪い。疲労はあるが、それでも叶は参加した。

「あぁ叶！　忙しいのに悪いねぇ……」

「いえいえ、色々と助けてもらっているので」

農場の入口で軽く喋りつつ、春先のキャベツ畑に足を運ぶ。青く丸々と太った収穫期の野菜は、遠巻きに見る分には……のどかで良い光景だ。

問題は労働者側の目線。近年では機械の導入が進んでいるらしいが、この農場ではまだ完全ではない。叔母と地域の人が協力して収穫を行い、専用の籠の中へ収めていく。収穫時期は株ごとに若干の個体差があり、ベテランの方が見極めキャベツに刃を入れていた。

当然叶はこちらを担当できない。助っ人を頼まれたのは段ボールへの箱詰めだ。忙しそうに働く人々の間に、叶もすぐに入っていく。

「おはようございます。やり方を教えてもらっても？」

野菜ごとに決められたやり方がある。間違えると悲惨な事になるので、確認は必須だ。幸いキャベツはすぐ覚えられたので、次々と叶は梱包を進めた。

単純作業なのだが、知っての通りキャベツは中々の重量物。一箱につき八から十ほど詰め込むので、意外にも体力は使う。不真面目な事を言うなら、体力の消費は多い上にやる事は同じで退屈な仕事。すぐに嫌になりそうな自分をなだめて、作業を続けた。

こういう時間は長く感じる。扇風機が回る室内で、人の群れがぎゅうぎゅうとキャベツを詰め続ける。他のブロックの面々が段ボールを閉じ、フォークリフトでトラックへ輸送し搬出の準備へ。

「はー……だりぃ。暑苦しいしキッツー……」

「そういう仕事だし仕方ない」

「おぅおぅ若いの、ちゃんと水筒持っているか？　水分補給はマメにな。首にかけるタオルも貸し出しているから、必要なら使えー？」

「ありがとうございます。助かります」

愚痴るスタッフ達に、意外にも寛容な農家の皆さん。キツい仕事なのは誰もが知っている分、人手は本当にありがたいようだ。今更ながらにして、農家の人が首にタオルを巻く理由が分かった気がした。

とはいえ、キツくて単調な仕事をしていれば——集中力は切れる物。三十分か、一時間か、ともかくキャベツを箱に詰め続け、叶が段ボールを運んでいる時にソレは起こった。

「おいマズいぞ！　倒れちまう！」

「!!」

はっとして叶が声の方を見ると、積み上げた段ボールが揺らいでいた。積み方が悪かったのか、重心が偏っていたのか、原因は分からない。今にも崩れそうな段ボールの山から逃れるべく、大急ぎで叶は退避した。

逃げた直後に崩れる段ボールの山。幸い中身はぶちまけなかったが、中で潰れている危険性はある。仕事が増えたとため息が漏れる中で、段ボールに近づいた男の一人が悲鳴を上げた。

「どうしました!?」

荷物を置いて叶も近づく。崩れた重量物を取り除く人々が一斉に目を向ける。彼らが向けた目線の先に、長く細い斑の生き物がぐったりと倒れていた。

これが小鳥とか、可愛らしい小動物なら悲鳴は無かっただろう。段ボールの山から、頭だけ飛び出した生き物はスネーク。蛇だ。毒々しい色合いの蛇に、多くの人は顔を引きつらせている。騒ぎを聞きつけた叔母も近づき、状況を確かめた。

爬虫類は、苦手な人はとことん苦手だ。幸い叶は動物に抵抗がない。立ち尽くす人々の流れに割って入り、叶は荷物をどかしにかかった。

遠巻きに荷物をどかし、叶を手伝ってくれる人もいる。叔母の頼子も段ボールをどけてくれるが、彼に対して耳打ちした。

「叶、気を付けるんだよ」

「気を付けるって……でも放っておけないでしょ。散らばっていちゃ仕事が」

「そういう事じゃない。多分ソイツ『ヤマカガシ』だ。毒蛇だから、噛まれないように気を付けるんだよ。割と大人しい子だけど……怪我で興奮しているだろうから、慎重にね」

「……はい」

危険な相手らしいが、ぐったりと下敷きになって、周囲にすがるような眼を向ける生き物を無視できない。伝わらないのも承知の上で、声をかけながらゆっくり叶は手を伸ばした。

「今助けるから……大丈夫、大丈夫だから。いい子にしててくれよ……」

野生動物を救助する際、意図が伝わらず暴れる事はよくある。相手が毒持ちや狂暴な動物ならば、救出者側も慎重にならざるを得ない。刺激しないように近づき、目と目が合った瞬間――奇妙な直感と感想が思い浮かんだ。

寂しがっている？

敵意は無い？

言葉が通じている？

根拠はない。証拠もない。叶の思い込みや妄想とも思えたが、答えは蛇の行動で示された。

救いを求めるように、無警戒に無防備に、毒蛇は叶へ体を寄せる。噛みつくようなそぶりも無く、むしろ縋《すが》るように寄って来る。頭を叶の手のひらに乗せ、弱った様子を見せて

いた。

「よしよし、いい子だ。段ボールをどけてください！」

叶の掛け声に合わせて、崩れた段ボールを持ち上げる人々。手に乗った蛇を控えめに掴み、段ボールの山から救出を図る。しばらく引っかかっていたが、何とかヤマカガシを救い出した。

周囲から小さな歓声が上がる。直接手を伸ばすのは怖くても……なんだかんだで、誰かや何かが救われる場面は良いものだ。周囲の目線が生暖かく、ちょっとだけ照れくさい。

叶は手に絡みついた蛇に、改めて声をかけていた。

「よかったよかった……怪我は？」

叶自身さえ、この蛇が有毒なのを忘れてしまいそうだ。全く警戒心を持っていないのか、べったりと叶の手に頭をすり寄せている。まるで懐いた犬や猫で、叶としても悪い気はしない。ちらりと頼子さんに目を合わせると、叔母は首を傾げていた。

「変な子だねぇ……蛇は普通、人に懐かないのだけど」

「え？　でも……見ての通りですよ？」

腕の一部に巻きつかれているが、不思議と恐怖は感じない。重量はあるけれど、締め付けてきたり、襲ってくる気配もない。むしろ、どう見ても体を預けて甘えているとしか……叔母も頷きつつも、疑問は尽きないようだ。

「飼育している蛇だって、人に慣れはするけど懐かない……って話だよ。野生なら、もっと警戒されそうなものだけどねぇ」

「誰かに飼われていたんでしょうか？」

「それは無い……と思いたいねぇ。ヤマカガシは飼っちゃいけないいんだよ」

「毒蛇だから？」

「うん。なんでもハブより危ないらしいよ」

「えっ」

沖縄で猛威を振るう毒蛇、ハブ。それよりも危ないと聞き、思わずギョッとして腕に巻きついたヤマカガシを見た。手に絡まる毒蛇の態度は、相変わらず弱り切ったような所作。うるうると目を潤ませ、子犬よろしく訴えてくる。やはり見捨てる気は起きず、安心させるように顎の下を撫でた。

無防備に目を細めるソレは、やはり人に慣れているのか？　もう一度叔母を見るが、困惑を深めるばかり。しかしいつまでも戯れてはいられない。念のため怪我がないか調べると、相変わらず蛇は大人しい。一通り見たが、鱗《うろこ》が剥がれたりもしていない。ぐったりしていたのは最初だけで、今は叶にベタベタと甘えているように見えた。

「なんだかねぇ……ま、怪我が無いなら自然へ帰してやりな」

「そっか。飼えないんですもんね」

ハブを超える毒蛇を飼うのは、素人でも危険と分かる。性格が大人しくても、万が一があれば大変な事件になるだろう。周囲が距離を取る中、叶は外へ出て畑の裏手の方、かなりの規模を持つ裏山の入口へ向かった。

野生動物と人間が、遭遇するのは仕方ない。けれど人間社会のルールと、動物が自然に生きる世界のルールは異なる。これだけ懐かれると、別れが惜しくもあるが……

そっと地面に手を置いて、ヤマカガシを逃がすような所作を取る。ところが、ここで困った事が起きた。叶に巻きついたままの蛇が、なかなか離れようとしない。

……本当に野生なのだろうか。叔母の話は正しいのだろうか。そんな疑問が湧き上がってくる。蛇は途中まで地面に体を下ろすのだが、ある程度進むと振り返り、叶と目を合わせてくる。動物の場合、視線を合わせるのは威嚇や警戒を示すらしいが……敵意ゼロで離れない姿を見れば、誰だって別れを嫌がっていると感じるだろう。

「困ったな……でも、ゴメン。俺もやることがあるから。君だって……人の世界は嫌だろう？」

蛇は俯いた。やはり別れを嫌がっている？　気のせいと思えないが、しかし叶はどうしようもない。やがて蛇側も諦めたのか、極めてゆっくりと叶の手から離れていく。

変な話だが、何か悪い事をしたような気分だ。人間の法律で飼えない以上、ここで叶と蛇は別れるしかない。仕方ないんだ、と自分と相手に言い聞かせるが、諦めきれない気配をひしひしと感じる。

「なんだかなぁ……」

このすっきりしない結末は何なのか。毒蛇でなければ、叶が知らなければ、結末は違ったのだろうか。

あのまま放置したり、蛇にトドメを刺してしまうより、ずっとずっと良い結末だと思う。なのに……後味の悪さは何なのだ？

「っと、ダメだダメだ。仕事に戻らないと」

事故こそあれ、まだ段ボール詰めの仕事は残っている。むしろ余計な事に時間を取られたのだから、一層キリキリ働く必要がある。

忙しくしていれば、きっとすぐに忘れるだろう。印象深い出来事だけど、それで日常を止めるわけにはいかない。逃げるように、出来るだけ遠ざかるように、叶は仕事場へと駆けて行った。

＊＊＊

そんな事があった翌日、叶の目の下にクマが出来ていた。

仕方ないとはいえ、急な呼び出しの労働……しかも力仕事に加え、新学期のゴタゴタの疲労と重なればこうもなろう。形の悪い野菜はいくつかもらえたし、家賃の割引を考えれば割の良い仕事なのだが……

「つ、疲れた」

体は正直である。若い者が情けない……などと言ってはいけない。体を動かす事の減った若者は、昔を基準にすれば軟弱なのは事実。あまり講義に身も入らず、気の抜けた様で今日一日の講義を終えた。

こんな時に限って、外せない講義がギチギチなのだから笑えない。なんとかすべてこなし、疲れ果てた叶は寮へ歩いて行く。最寄り駅から二十分の距離が恨めしいのに、こんな日に限って不幸が重なった。

「うわ、雨降ってるよ……」

小雨だけれど、傘を差さずに歩ける雨量じゃない。折り畳み傘を取り出した叶は、憂鬱な気持ちで家路を急ぐ。くたくたで重い身体を運び、俯きがちに真っすぐ帰る。

歩道を進み、横切る車に注意する。ちらほら見える水たまりを避け、雨空の下を進んでいく。古くなった靴に雨が染みないか、そういえば洗濯物は大丈夫だろうか……様々な雑事を頭に思い浮かべ、見慣れた変わり映えのしない景色をぼんやりと見つめていた。

何気なく向けた視界の先、叶は奇妙な人影を見つける。雨脚の強まる中で、一人の女性が傘も差さずに立っている——

「……えっ？」

小さなバス停に、待合室は無い。だから、傘が無ければ濡れるしかないが……ならばバスが来る直前まで、すぐそこのコンビニに避難していればよいのでは？　時刻表は備え付けられているし、少々ぼったくられるがビニール傘も購入できる。なのに……どうしてこんな場所で、雨に濡れ続けているのだろう？

衣装にしても何かおかしい。衣服は妙なシミが見受けられるし、皺《しわ》やヨレもそのままに思える。外出に向いた格好ではない。部屋着としてギリギリ使える感じの古着だ。

瞳はちょっと特徴的な、暗い橙色の瞳。ふっくらとした頬に、広く平べったい唇。全体的に体の線も細く、長い前髪で額を隠している。雨に濡れた髪の先、一瞬合った目線に——ぞくりとした。

理由はよく分からない。目の前の女性は、法的な悪を犯した訳じゃない。たまたま視線

が合っただけの、ちょっと頭のネジがズレている人。普通に何気なく生きていても、遠巻きに遭遇する事はあるが――しかし、これはなんだ？

常識が無いから？

叶が疲れているから？

それとも――目の前の女性が、叶をはっきりと認知した途端、妙に歪《いびつ》な笑顔を作ったから？

「…………………」

何も言えない。何も言うことはない。じーっと瞬き一つせず、女性は叶から視線を外さない。軽く目を逸らした叶は、速足に隣を通り過ぎようとした、その時。

クラクションが鳴った。バスが人を呼ぶブザー音と共に。

叶がそちらに視線を向けると、不機嫌そうな運転手が女性を見る。バス停で人が立っているなら、バス運転手は無視できない。なのに――バスを待っているはずの女性は、全くバス側を見ないのだ。

何度かクラクションを鳴らし、苛立った運転手が荒い声を上げる。他人のフリで通り過ぎようとする叶だが、女性が自分に首を向け続けるせいで、運転手に睨まれる。

いや違います。無関係です。本当は弁明したいけど、変に絡むと何が起こるか分からない。ただでさえ疲れている叶としては、トラブルは避けておきたい。

曖昧に笑ってやり過ごし、速足で通り過ぎる青年。

背後からじっと、あの女性が見つめている。バス運転手も女性の態度を見て、苛立ちながら車両を発進させる。しぶきが叶にかかったけど、それを気にする余裕はない。

——体を濡らすのは、雨や水しぶきだけじゃなかったから。

＊＊＊

前日の奇妙な女と遭遇して一日……まだまだ続く大学生活だけど、幸い今日は授業が詰まっていない。それに明日は完全な休みで、疲れた身体をようやく休めそうだ。まだ疲れが残っている叶は、何とか気力を出していた。

今日を踏ん張れば、明日はたっぷりと休息を取れる。どうにかお昼前の講義を終えた叶は、疲れた顔で食堂に向かう。ため息を時々吐いているが、メシを喰えば体力も湧くだろう。昨日と異なり快晴の空の下、視線の先に友人の顔を見つけた。

どうやら中沢は取り込み中のようだ。緊張した表情でスマホを耳に当てている。今時のスマホはアプリでやり取りする事も多く、ちゃんと『携帯電話』として使う方が珍しい。

一体誰と話しているのか……気づかれないように接近し、その会話を盗み聞きした。

「ははは……ソイツは良かった。でもアレだ、その店はオレもお気に入りだから、手を出さないでくれると助かる。ん？　ちょっと待てよ。そりゃどういう意味――」

怪訝な顔でスマホを離し、ギョッとして画面を見つめる。顔色が悪いのは気のせいか？呆然と立ち尽くす中沢へ、叶は軽く後ろから肩を叩いた。

「うわぁっ!?」

「ちょっ、驚き過ぎじゃないか？　俺だよ俺、叶だって」

「あ、あぁ……まぁ、その、うん」

煮え切らない反応に、叶は首を傾げる。過剰な驚き方を不思議に思い、スマホを握りしめた友人に質問する。

「どうしたんだ？　なんか悪い事でもあった？」

「あー……まぁいいか。叶になら話してみるかね」

「？」

どうにも煮え切らない態度だが、打ち明けてくれそうだ。中沢は親指で食券売り場を指し示し、大学生二人は適当な物を注文する。窓際の端の席に座った中沢は、周囲を確認してから内容を語り始めた。

「あー……オレが電話していたの、見てたよな?」
「あぁ。誰と話していた?」
「聞いて驚くなよ……『メリーさん』だ」
「『メリーさん』? それって……都市伝説のアレ?」
「そうそう。徐々に迫って来るアレ」
ここ近年――ネットの発展に伴い、新しいホラーや怪談、奇妙な話が無数に誕生した。
曰く『異世界・パラレルワールドは実在し、そこから人を帰還させるおじさんがいる』
曰く『正体不明な奇妙な白いモヤが漂うが、その正体を認知してしまうと発狂する』
曰く『子孫繁栄を阻止する呪いがあり、近づいたり触れたりすると『子を取られる』箱がある』
様々な方向性を持つ、胡散臭い話や曰くつきの話。方向性も関連性も怪しい、真偽不明の奇妙な話。ネットの発達と共に育ち、作り話かそれとも実話かも分からなくなった話
――これを総括して『都市伝説』と言う。
人の強い感情や感想を刺激したり、人気が出た物は発展、定着する事もある。今回中沢健太郎が接触した怪異は……有名な都市伝説の一つ『メリーさん』だ。
「もしかして、俺が声かけた時驚いたのは……」

「そ。ついさっきまでスマホ越しに『メリーさん』と話しててさ……てっきり刺されるのかと思って身構えちまった」

「あー……」

『都市伝説・メリーさん』の概要はこうだ。

ある日、携帯電話が鳴る。それに出ると少女の声がこう言うのだ。

「私メリーさん。今○○にいるの」

空白には、メリーさんの所在地が入る。最初こそ電話に出た人間の遠方だが、この都市伝説は徐々に『近づいて』くるのだ。次に電話が鳴り、出てしまった人間が内容を聞くと、同じような文言で、同じ声色の人物が場所を伝える。これを繰り返しているうちに『メリーさん』は電話に出た人間の知る場所や、最寄りの駅などを告げるのだ。

メリーさんは、どのような法則で動いているのか分からない。そもそも怪異である以上、姿もまともに目撃証言が無い……ハズなのだが、多くの人間のイメージとしては『包丁を持った少女姿の人形』とされている。恐怖を覚えた人間が携帯の電源を落としたり、破壊したりしても『メリーさん』は標的にメッセージを送り続ける。恐怖に錯乱し、引きこもった犠牲者の結末は決まっていた。

「確かあの話って……最後は『私メリーさん、今あなたの後ろにいるの』って告げられて」

「振り向いた瞬間、包丁持った『メリーさん』に刺されて死ぬ……って話」

「待って中沢。それってお前、もうすぐ死ぬんじゃ……？」

まるで死神である。それが徐々に『あなたの命をもらいますよ』と、わざわざ電話で告げながら迫るのだ。宣告を受けた中沢だけど、飄々《ひょうひょう》と肩を竦めて見せた。

「いや、それなら大丈夫」

「なんでさ？」

「いやな？　基本メリーさんってお札とかお経とか効果ないらしくてさ。どうも霊的なやつとは違うけど、意外とお茶目というか、抜けているというか」

「ゴメン。話が見えてこない」

「トンチの利いた坊主なら、生きて帰れるかもしれない相手ってこった。なんか背後を踏切にしたらメリーさんが電車に轢《ひ》かれて助かったとか、某伝説的狙撃手の背後に立ってズトン！　とか……あぁ、最近はメリーさんが異世界に飛ばされる奴とかもあったかな。信号渡った直後、メリーさんが背後に出て転生トラックに……って奴」

「なんか絶妙に可哀そうじゃない？」

どうやら『メリーさん』は、極端に強い怪異ではないようだ。一般人でも運が良ければ対処できるらしい。中沢の得意げな様子に、叶はこの後の展開に予想が付いた。

「んで話を戻すけど……その『メリーさん』から電話が来ちまって」

「何かの悪戯とは考えなかったの？」

「一瞬考えたよ。でも本物だったらやべぇだろ？　だから、どっちでも良いように手を打ったのさ」

「おっ、武勇伝か？」

「そんな大げさなモンじゃねぇよ。オレのお気に入りの喫茶店教えて、玄関先に二千円置いてメリーさんに言ったのさ。『この店のパンケーキとコーヒーセットでも食って、機嫌直してください』って」

　ツッコミ所が多すぎる。確か『メリーさん』は人形では無かったか？　こんな事で逃げ切れるのだろうか。疑問点は多々あるが、結果を示すように中沢はスマホをちらつかせた。

「さっきお礼の電話があったよ。『私メリーさん。あなたの紹介したお店、とっても良かったの』だってさ」

「ってことは、和解できた？」

「んー……どうだろ。最後、不穏な事言ってたんだよな……」

「なんて？」

　軽い気持ちで尋ねる叶に、声をひそめて友人は結末を伝えた。

「『あなたとお店の人には、手を出さないの。でも次の人を探すの』だってさ」

「次の人って……じゃあ」

「あぁ。オレと店員を標的にしないだけで、メリーさんは犠牲者を探してる……そういう事だろうよ」

中沢は怪異を回避できたが、相手を改心させた訳じゃない。恐怖の人形は健在で、今も犠牲者へ電話をかけ続けている……

不吉な結末を聞いた瞬間、叶は脳裏に思い浮かぶ人影があった。

昨日、雨に濡れたまま叶を見つめる、常識を持っていない人の姿を——

「まさか、あれって……」

「ん？　どうしたよ叶？」

「俺さ……昨日変な女を見たんだ」

「マジ？」

奇妙な話繋がりで、叶は体験談を伝える。自分を見つめる、常識知らずの奇妙な女……

『メリーさん』の話で盛り上がっていた中沢は、好奇心と恐怖を混ぜた表情で笑った。

「って事は……次の標的は叶かもな？」

「勘弁してくれよ……」

「冗談冗談！　多分違うだろうし」

「……なんで断言できる？」

「そりゃ決まってる。『メリーさん』は犠牲者の前に姿を見せねぇ。いつだって電話越しさ。姿格好だって……イメージとまるで違うし」

「そうなのか？」

「ホラ、これがイメージのイラスト画像。メリーさんって検索すりゃ結構出てくるぜ」

ＳＮＳやお絵描き画像サイトを開く中沢。すぐにＵＲＬを共有し、叶もいくつかある『メリーさん』のイラストを閲覧する。その多くは人形やマネキンで、明らかに人ではない。確かに叶が見た女性とは、はっきりと異なっているように思える。安心しかけた叶だが、胸の中の不安は完全に消えなかった。

「これも結局通説やイメージだろう？　どこまで当てにしていいのやら……」

「そりゃねぇ……でも確かに、叶が遭遇した女も不気味だな。別のモノだとしても結構ヤバ目かも？　ヤンデレに愛されて夜も眠れないかもなぁ！」

「面白がってない？」

「あ、バレた？」

「こいつぅ」

あの女は果たして、メリーさんかそうでないのか。悩みも疑問も解決しなかったが、気持ちは少し楽になった。

——この時だけ、だが。

＊＊＊

そんな会話を中沢とした帰り道……あの女は、同じ場所で堂々と立っていた。

コンビニ近くのバス停で、じっとたたずんでいる奇妙な女性。昨日と異なり晴れた日に——その女は『何故か雨傘を差して』待っている……

「えっ……」

今日は晴れている。快晴だ。天気予報でも、今日の降水確率は低そうだ。折り畳み傘も不要な天気に、何故雨傘を堂々と差しているのだ……!?

「………」

異常だ。この女は明らかに異常だ。まるで常識と言うモノを分かっちゃいない。人が普通に持っているはずの、当たり前や常識を持っていない？　目を合わせないようにしたいが、どうしても気になるのも真理。一瞬だけ見えた彼女の目は——人のソレではないように思えた。

——蛇だ。爬虫類特有の、長くて細い瞳孔をしていた気がする。普通なら恐怖するのだろうが、その視線に見覚えがあった。

（あの時の……ヤマカガシ？）

数日前の農作業手伝いの際、救出した一匹の毒蛇が頭に思い浮かぶ。向けられた視線に敵意は感じない。むしろ別れ際の時のような、捨てられた子犬めいた潤んだ目……？

普通、理由なく見つめられるのは気味が悪いが、そうした背景があるなら納得できなくもない。だがもし正体が『メリーさん』だったら——

（どうした、もんかな……）

いや、何を考えているんだ自分は。叶は何度も頭を振る。奇妙な出来事が連続して、思考が怪談や怪異、世にも奇妙な話と関連付けてしまっているのだ。

動物は人に化けないし、都市伝説はあくまで遠い世界の作り話。中沢の話は勘違いかホラ吹きで、目の前の女は……頭のおかしい変な人だ。——違ったら？

（あぁもう、ラチがあかない……！）

さっさと家に帰って、布団にくるまって寝てしまおう。数日もすれば、この女も不審者として通報されていなくなる。自分が疲れて考えすぎているんだ。そう言い聞かせて視線を振り切る。

ちらりと見えた女の顔は、今にも泣き喚きそうな表情。小さな子供が、必死に泣くのをこらえるような顔つき。特に悪い事はしていないが、叶の後味はよろしくない。視線から逃げるように速足で立ち去る彼の背に、女の目線は延々と追ってくる。脇を通り過ぎても、特に声はかけてこないし……無言の抗議に圧を感じる。何とか無視して振り切って、自宅の寮に荷物を置いて転がった。

「はぁ……なんだか疲れた」

ぐったりとうつ伏せで倒れて、深く深くため息を吐く。中沢に文句の一つでも言おうかと、叶はスマホを手に取って――電話が鳴った。

疲れて頭が回らなかったのか、叶は適当にボタンを押す。やる気のない声で「もしもしどちら様ですか」と、雑な事務員よろしく相手に語り掛けた。

――反応が、ない。

ノイズすら聞こえない。電子音すらない。イタズラ電話なのだろうか。一瞬怪訝に思った叶は、ぞっと冷や水をかけられたように凍り付く。原因不明の悪寒を感じた叶の耳に、電話の主は名乗りをあげた。

『オ、オデ……メリー……さん。今……北海道……』

「――!?」

メリーさん……昼間友人と話した『都市伝説』が叶にコールをよこした。慌てて画面を見ると、非通知設定の着信……何故出てしまったのかと後悔した時には、すでに電話が切れていた。

近年の電話は……詐欺や胡散臭い投資や、儲け話の窓口になる場合も多い。SNSが窓口になる場合も多く、危険な誘惑も大量に存在するので、基本的に無視に限る。

にもかかわらず、どうして出てしまった？　このまま放置していれば、やり過ごせたかもしれないのに……

「いや……それはないか」

この世の法則が通じない相手だ。勝手に繋がってしまう可能性も、大いにあり得る。いったい何が原因で……考えつく理由は、一つしかなかった。

「まさか……あの女の人を無視したから……？」

正体の分からない『メリーさん』は、人の数だけ想像図がある。例えば、あの女が『メリーさん』だとしたら……無視された事に腹を立てて、叶を標的にしたのだろうか？

「待て。でも今の声は……」

一般的な『メリーさん』のイメージは……『少女姿の人形』とされている。しかし、今聞こえてきた声は『低く不気味な男性の声』だ。暗い墓場で『うらめしや』と出てくるような……可愛らしさと恐怖が共存するような怪異と思えない。

だがしかし、何らかの怪異に目をつけられた。その事実は変わりない。脇の下に嫌な汗が流れ、このままでは何かに巻き込まれてしまう。考え過ぎと頭を振ったが、再び流れ出した着信音で幻想は壊された。

『オデ……メリー……今、神奈川県』

「っ！」

細かな疑問は吹き飛んだ。数分と経たずに、電話の主は日本の北端から移動したという。叶が暮らしている県へ到着したとの報告に、凄まじい冷や汗と恐怖が脳に走った。

『オデ……メリー……今…………大学……』

「ちょっと待って。早くない!?」

この世ならざる存在だから、細かい事を考えても仕方ない。けれど『自称メリーさん』が、こちらに迫ってきている事実に、心臓がギュッと握られたような気分だ。確か中沢は『メリーさん』をやり過ごしたが……コイツは本当に『メリーさん』なのか？　別人である可能性もないか？　考えばかりがグルグルと回る中、思考する余裕を奪うかのようにコールが連続した。

『オデ……メリー……今……最寄り駅……』

「――……」

『オデ……メリー……今……バス停……』

「はぁ……はぁ……っ！」

『オデ……メリー……今……寮の前……』

「う……っ!?」

怒涛の連続コール。光の速さで移動しているのではないか？　そう錯覚しそうな距離の詰め方だ。こんなことはあり得ない。タチの悪いイタズラだ。中沢と叶の会話を盗み聞きした誰かがやって……

嘲笑うかのように、寮の外で激しい足音が聞こえた。真っすぐに叶の部屋を目指して、外の階段を踏み鳴らす。顔を真っ青にして、叶は扉から目を離せなかった。

――足音は、扉の前で止まっている……

もう疑いようが無かった。奴は間違いなく外にいる。叶が恐怖し、絶望する様子を見つめているに違いない。外の様子を窺う？　馬鹿な。外には『何か』がいるのに？

恐怖はまだ終わらない。

どんどんどんどんどんっ！　どんどんどんどんっ！　古びた寮の扉を、激しく叩く音がする。

中の人間を呼ぶやり方じゃない。まるでヤクザや借金取りのやり口だ。メリーさんがこんな……こんな実力行使に出てくるなんて。

気が触れてしまいそうだった。もう何もかも手遅れだった。まさか正面から、扉を開いて突入する気か？　両肩を抱いて震える叶に、最後のコールが『勝手に繋がった』

『オデ……メリー…………今…………う　し　ろ　』

「えっ……………!?」

どういう……事なのだろうか。

『自称メリーさん』は今、叶の家の目の前にいるのではないのか？　現に今も、激しく扉を叩く音が続いている。なのに、背後に存在出来る訳が……

微かに残った理性をかき消すように、叶の背後で寒気がした。

窓は閉めている。入れる場所なんてない。なのに……凍り付くような冷たさが首筋から止まらない。

はっきりと……何かの気配がする。

振り向くな。確かめるな。そんな心の声と裏腹に、青年の首はゆっくりと背後を振り向かんとした時……

ばぁん！　と扉を蹴破る誰かがいた。

先ほどまで外で扉を叩いていた誰かが、ついに入口を破壊したのだ。

叶の混乱は止まらない。おかしい。首元に『メリーさん』らしき存在がいるのに、じゃあ目の前の現象はなんだ？　古びた寮の扉とはいえ、それを突破したのは……？

「………」

目の前に女がいた。何度かすれ違った、奇妙な態度で叶を見つめていた女が。すれ違った時の柔和な態度は消え去り、今は烈火のごとく怒り狂っている。細い爬虫類のような瞳孔で、叶の背後を睨んでいた。

「お前……邪魔」

呟く言葉は、冷たく重い。目線だけで命を奪えそうなほど、痛烈な眼差しが叶の背後を射すくめる。体中に鳥肌が立ち、どことなく死を予感させる目線がある。何度か通りすがり、叶を好意的に見つめていた人物と同じと思えない。震え上がる叶だが、怯えているのは彼だけではなかった。

彼の背後にいる何か……散々叶を恐怖させた存在も、先ほどまでの圧力を失っている。実体のない何か同士でも、力関係はあるらしい。禍々しい眼差しに耐えられなかった『何か』は、叶の背中からうめき声を上げた。

「オデ……オデの、モン！　コイツ、オデの……メリーの、獲物……」

「…………だめ」

「オデ、オデ！　オデェエッ!!」

スマホ越しの音声でなく、肉声で吠えるのは男性の声。やはり『メリーさん』と異なるイメージのソイツは、背中から必死に女性に向けて抗議する。

しかし彼女は全く引かない。低く唸るように、動物が敵を威嚇するような空気で唇を細める。口笛を吹く時のような口角で、しゅるるるる……と鋭く空気を吐いて、じっと睨みつけている。

「ア、ア、アァアアァアアッ!!」

威圧的な眼光に耐えられず、『自称メリーさん』が叶の背から飛び出す。逃げろとも、やめろとも言う間もない。何らかの幽霊めいた存在なのだろう。黒い小太りのシルエットが女性に突撃し、襲い掛かった。

だが――

「…………………?」

「ア、ア、ア……」

激突された女性は、全く微動だにしない。

――あれほど叶を恐怖させた怪異は、彼女にとって何の障害でもないらしい。小太りな男性の影の表情は……想像だが、青ざめているに違いない。

「お前……じゃま」

短く、鋭く、はっきり聞こえる言葉は……氷の刃で切りつけるかのよう。女は左手で影の頭部を握り、軽々と持ち上げてしまった。持ち上げられた『自称メリーさん』が暴れるが、拘束から抜け出せる気配がない。

――これでは、どちらが怪物か分からない。

「ナンデ……！　オデ……ソイツ……食うっ……」

「ふざけないで」

極寒の眼差しをさらに細め、女はお化けに対して力を振るう。抵抗虚しく女は、階段側へ影を投げ捨てた。

がらんころんと、影が階段を転がり落ちる。足が固まって動けない叶は、遠巻きに事態を見守るしかない。女の気配が異常に膨れ上がり、扉の先から階段側へ飛び降りた。

これは果たして、夢か現実か？　叶の頭は事態の処理が出来ず、必死に何かを考えようにも空回りする。壊れた扉を呆然と眺めていると、外から野太い男の絶叫が聞こえた。

くぐもった絶叫。果てしない絶叫。事件性を疑う咆哮に、周囲の人間も気付きそうなものだが……通報される気配はない。

だんっ！　だんっ！　巨大な何かが、重量物を叩きつける音がする。野太い鞭でも叩きつければ、こういう打撃音がするのだろうか？　激突のたびに悲鳴が漏れて、男の声は徐々に弱っていく。

何が起きているのだろう。すぐそこで起きているであろう惨劇に、何も出来ない叶。何かがズルズルと這いまわる音と気配がするが、確かめる勇気は全くない。はっきりしているのは、凶悪な霊的な『何か』が、すぐそこで暴れている事実。次に襲われるのは自分か……不吉な想像と覚悟をしようとして、霧散してしまう。またしても聞こえて来た足音に、叶は肩を抱いて震えていた。

かつん、かつん。今度は走らず一歩ずつ、確実に叶側に迫ってくる。眼前で腕を交差し、何もできない青年。あの怪異の前では、一般的な大学生は狩られる側でしかない。気配の余波でそう感じ取っていた。

しかし——そこから先の展開は想像とまるで違った。恐ろしい筈の何かは、人ならざる怪異に違いない何かは——何度か遭遇した、あの奇妙な女の姿で、ゆっくりと叶を見つめている。気配が残っているのに、不思議と恐ろしいとは思えない。頭がおかしくなったのかと思ったが、彼女は……小さな子犬が鳴くような声で、たどたどしく、言った。

「あの……わたし、さび、しい、です」

「……えっ」

「独りは……いや、です。一緒に、いて」

「…………」

それが要求か。そんなものが欲求か。たったそれだけのために、彼女は叶から怪異を撃退したというのか。

はっとして視線を合わせ、叶は彼女の瞳を見つめる。揺れる眼差しは、どこかで助けた何かと変わらない。孤独を嫌う、同情を誘う視線……

こんな決断は、頭がおかしいのだろうか。それともまだ、恐怖で頭が回らないのだろうか。

気が付けば、叶は彼女をきゅっと抱きしめていた。

——『ソレ』は喉から漏らすように、泣いていた。

第四章　日常の彼女

楽しい楽しい学園祭が終わり、枇々木叶は日常に戻って来た。

教授の所に奈紺を預け、その時に色々と二人で話したらしい。教授は彼女に対して、診察のような事もしてくれたそうだ。結果は長文のメールで送られており、読んでいると頭が痛くなったが……なんとか読解を終えると、叶はお茶を一杯飲みほした。

内容を整理するとこうなる。

赤瀬奈紺は、間違いなく『蟲毒』によって作られた事。

術者は既に死亡しており、赤瀬奈紺を取り戻そうと追ってくる危険はない事。

本来彼女は人間ではないが……現在は『人と素体となった動物の中間ぐらい』の精神性を有している事。

精神面、術式面でも安定しており、今までの接し方で問題ない事――

「ふーっ……」

教授特有の――これは『天草教授』と言う意味ではなく、大学教授全般と言う意味だが

――非常に固い言い回しに頭が痛くなったが、何とか叶は読み取った。

そのままスクロールを伸ばし、全文に見落としが無いかを確認する。最後尾の列に、奈紺とは関係ない事柄についての回答があった。

例の背後に出た輩について……有名な怪異の名前を借りただけの騙《かた》り。つまりは偽者であり、脅威度や等級の話をするなら、圧倒的に奈紺の方が危険だろう、とのこと。

「かなえ？　何見てるの～？」

「おぉうっ!?」

叶がスマホをいじっている所に、奈紺が後ろからのぞき込んできた。別にやましい気持ちは無いのだが、狙ったようなタイミングだと驚いてしまう。奈紺も軽く身を引いて「どうしたの？」と尋ねてきた。危うく肩が当たりそうだったが、奈紺はすっと身を引いて避けていた。

「そんなに驚いて……どうしたの？」

「えっ、あぁ、その……心霊系の文章を読んでいてさ。そういう時って、背後から来られるとびっくりしちゃうんだよ」

「へー……」

素直に信じてくれた奈紺に、叶はほっと一息ついた。どうも奈紺は『ご本人様』なのに、オカルト話のお約束に疎いらしい。この前のお化け屋敷といい、ちぐはぐな反応に困ってしまう。曖昧に笑う叶に対し、奈紺ははっと顔を上げて……部屋の時計を指さした。

「そうだ、叶！　もうすぐ時間じゃない？」

「え……あっ!?　やっべっ！」

話が一段落したところで、叶は急いで外を見やった。窓の外にはいくつかの畑と、資材倉庫、さらにその奥には山が見える。小さいが、青々と茂った豊かな山だ。つられて見つめる奈紺を置いて、叶は大慌てで準備を始めた。一方の奈紺は、首を傾げている。

「今日はこの時間に用事がある……だっけ？」

「そう！　実はここさ、農場が近いじゃん？」

「うん。すぐそこに畑がたくさん」

「そそ。で、畑もこの寮も叔母さんの……俺の親戚が持ち主でさ。今日ちょっと手伝ってくれって！　悪いけど留守番していてくれる？」

親戚の宿を借りる他にも、色々と身内な事もあり便宜も図ってもらっている。その恩恵の対価として、たまに叶にも農作業の招集がかかるのだ。本当に忙しい時ならともかく、何も予定が無いなら、出ておいた方が心証も良いだろう。運が良ければ、出荷出来ない野菜ももらえるし、必要な事と叶は割り切っていたのだが、奈紺が拗ねた。

「ヤダ！」

「えぇ？　ヤダって……」

「お留守番、暇！　わたしも一緒に行く！」

「えぇぇ……まぁ、いいけど……」

「やったー！」

大学生活中で、叶はバイトも入れている。彼女を一人にするのは、心苦しい時も多い。退屈な事も多いらしく……人手はあるに越した事はないか。奈紺が嫌でないなら、畑の手伝いに同行してもらおう。

「土や泥で汚れちゃうから、綺麗な服はやめよう」

「ふぅん……」

「……どしたの奈紺、何か気になる？」

衣服について言及すると、しばし奈紺が何かを考え込んでいる。奈紺は彼女用のハンガーに手を伸ばし、用意した洋服を眺めつつ発言した。

「この前……学園祭の時、色んな人が色んな服着ていたって、ちょっと思ったの」

「あぁ……まぁ、学園祭はそういう所だから。普通に歩いている人って、派手な感じじゃないでしょ？」

「ん……そうだけど……んー……」

　奈紺は自分の衣服を眺めている。どことなく物足りなそうな気配を醸し出し、不満げだ。真剣な眼差しから一転、はっとして叶に視線をやる。

「あ、ごめんね？　今日のは……おしゃれしなくていいんだよね？」

「うん。そう」

　どこまで畑に入るか分からないが、作業に向かない衣服は論外。合コンの時に着るような外着も、汚れてしまう事が予想できるので避けるべき。それなりの古着に着替えてから、二人は寮から外に出た。

　天気は曇り。雲は白い。雨が降るような天気模様ではなさそうだ。空をしばらく見つめていた叶と奈紺。少し湿った風が吹いた所で、叶が彼女を先導する。

　場所はそこまで遠くない。歩いて十分とかからずに、目的の農場に辿りついた。

「あらまぁ叶、早いわねぇ」

「ええまぁ……早く目が覚めて、やる事も無いので。何か手伝えますか？　頼子さん」

　叔母の名前は枇々木頼子。年齢としては六十が見えて来た方だ。けれど畑仕事もあってか、身体つきに力強さを感じる。最近の農作業着はデザインも良くなっており、古くからのイメージはそのままに、襟や袖にハリもある。老いてますます現役の叔母は、叶の背後にいる人物に目を丸くした。

「あら……赤瀬さん、だっけ？」

「こ、こんにちは……わたしも、お手伝いに来ました」

「あらあらまぁぁまぁ！　イマドキ珍しいわねぇ！　おばさん助かっちゃうわ」

「え、えぇと……」

ニコニコ笑顔の叔母に、奈紺は緊張しているようだ。苦手な人……なのだろうか？　叶は彼女をフォローする。

「あ、す、すいません叔母さん。彼女、ちょっと天然気味で……あまりぐいぐい来られるのが苦手といいますか」

「そうだったねぇ！　でも前より良くなったんじゃない？」

「そう……ですか？」

「うんうん」

幸い、叔母はかなり理解がある人物で、色々と助けてもらった。奈紺と同居している事をさすがにずっと隠しておくのは難しいし、男の叶には難しい事も多くある。尤《もっと》も、叔母のすべてが善意によるものかと言われれば……そんな事もない。

「ところで進展はあったのかい？」

「進展？　何の？」

「あらまぁ叶ったら……」

「んんっ！　で！　叔母さん。何を手伝えばいい？」

親族とはいえ、実の子とは異なる。絶妙にちょっかいをかけやすい距離にいる叔母は、何かとこうして突っついてくる。助けてもらっている手前、あまり強く反論も出来ないので……話題を逸らすしか対抗手段がない。もちろんそんな狙いは分かりきっているが、加減してくれる点はありがたい。意味深な笑みを見せてから、話を本筋に持っていく。

「そうねぇ……今日はトラックに積んである、肥料の移動をお願いしようかしら」

「えぇ？　なんか地味な仕事……」

農業と言われれば、水をやったり土を耕したり、収穫を行ったりのイメージが強い。勿論そういう仕事も頼まれるが、今回は違うようだ。

「前も話したけど、今の農業機械ってすごいからねぇ……トラクターで畑を動き回れば、それだけでほとんど、耕すのは終わる。元肥《もとごえ》だってあっという間に撒けるし、本当いい時代になったよ」

「あー……なるほど？」

「最新のだとドローンが飛び回って、農薬を撒いてくれるのとかあるって聞いたよ」

「文明の利器ってすげぇ……あ、いや、凄いですね」

「はっはっは」

話を聞いても、奈紺はさっぱりの様子。かくいう叶も分かるような、分からないような。

雑談もそこそこに叔母と歩いて、大きなトラックに詰め込まれた、大量の肥料を見て仰天する。

「う、うわぁ……これ合計どれぐらいです？」

「普通に数トンはあるだろうねぇ」

「ひぇぇ……こりゃ大変だぁ」

それがどんなものか、細かくは知らない。すべて使うのだろうが、これだけ多いと確かに重労働だ。奈紺も後ろから続き、まずはトラックから荷下ろしを手伝う。

袋に詰められた、パンパンの肥料をカートに積んでいく。若い男の叶でも、かなり足腰に来る作業だ。ひーひー言いながら載せていくと、後ろの奈紺が手を貸してくれた。

「ちょ、ちょっと、気を付けるんだよ。女の子には重い……」

「？　そう？」

女性の姿をしているが、やはり奈紺は奈紺なのだろう。ひょい、と言わんばかりに軽々と、肥料満載の大袋を抱えて降ろす。

なんというパワー……意外な助っ人の存在に、枇々木の姓を持つ二人は、思わず顔を見合わせた。ナイスミディな叔母と叶を差し置いて、いかにも華奢な奈紺が主戦力になるとは。当の本人は平気なのか、次々と重量物を運んでいく。あっけにとられながらも、叔母は上機嫌だ。

「見た目に依らずパワフルな子だねぇ！　あぁ、最初の時もそうだったねぇ……」

「そうなの？　叶」

「あー……女性は、あまり力に自信のない人が多いかな」

「へー」

その後も奈紺のお蔭で、びっくりするほど作業が進んだ。叶が学園祭の朝起きた時、腕を強く締められたあの力は役に立った。叔母の頼子も上機嫌で、何度か奈紺の背を叩いたりして、今も友好的な表情で接している。

奈紺も手伝いで緊張が解けたのか、少しずつ会話を重ねるように。終始良い雰囲気の中で、次々倉庫へ肥料を運び込んでいった。

「いやぁ！　二人のおかげで助かったよ！　ありがとうねぇ!!」

「えへへ……頑張りました」

軽く汗を拭いながら、近場のベンチに腰を下ろす三人。予想より早く終わった農作業の手伝いに、やり遂げた顔で麦茶を一杯。冷えた液体が身体に染みわたり、労働を終えた叶達を癒した。

「毎日、こんな重いの運んでいるんですか？」

「それじゃおばさんの腰が壊れちゃうよ！　何か月に一回ぐらいかねぇ……」

「機械化云々って話も出ていましたけど？」

「そりゃ倉庫入口までは運べるけど……最後の積み込みは人の手じゃないと。まだまだ人間にしかできない仕事はあるからねぇ」

和やかな談笑。ちょっとした休憩時間の会話は心地よく、叶は自然と目を細めていた。雲に覆われた空に、広がる農場。叶の慣れ親しんだ景色に奈紺も溶け込んでいる。ゆったりと流れる時間の中、他愛のない話が続いた。

「奈紺ちゃんが来た時は驚いたけど、馴染んでくれてよかったよ」

「そ、そんな事ないですよ？　全然わたし、分かんない事も多くて……」

「でも、出会った頃より良くなったよ」

「そうねぇ……最初は本当に大変だったものねぇ」

「あはは……ご、ごめんなさい」

「謝る事じゃないわよ！　それに今は大丈夫でしょ？」

「そう、ですね。ここに来た時と比べたら……」

赤瀬奈紺と叶が出会い、共同生活を始めるきっかけは、約二か月前にさかのぼる。あの日も叶は、この農場で重い荷物を運んでいた。大量のキャベツを積み込んでいる最中……ちょっとした事故で段ボールが崩れてしまった。

その際、巻き込まれた蛇が奈紺だったらしい。妙に感情豊かだと思っていたが、呪いだなんだのは想像外。その後の騒動も大変だったが、色々と勢いに任せた部分が多かった。

奈紺がメリーさん……のようなものを仕留めた後、そのまま奈紺は叶の寮に転がり込んだ。正体は恐らく、何らかの怪異と理解はしていた。だけど……あの子犬のような、弱々しく縋るような眼で見られて、叶は捨て置く事が出来なかった。

ただ、それはそれとして――奈紺が扉を吹っ飛ばした事実は消えない。叔母に説明するしかなく、起きたであろう事も大まかに説明した。てっきり頭ごなしに否定されるかと思いきや……叔母の頼子は話を聞き、受け入れる態勢を示した。

「本当に、力も使いようだよねぇ」

「あっ……あの、扉の事、ごめんなさい」

「いやいや、ゴメンね？　ちょっと棘があったねぇ……それに、緊急事態だし仕方なかったんだよね？　叶？」

「そうですね……間違いなく」

叶の背後に出現した怪異は、少なからず敵意を含んでいたように思える。もし奈紺が強引に扉を破壊しなければ、今頃どうなっていたか。もっとも、最初に奈紺が口にした理由は——人らしい動機じゃなかったけれど。

「うん……だってあのまま放置してたら、叶がアイツに奪われちゃうから。誰かに奪われるぐらいなら、奪います」

「そ、そうかい……結構重い事言うねぇ」

「そうですか？」

「あははははは……」

叶の命を大事にした……とも言えるが、決してこれはお上品な感情ではない。可愛らしい外見に反し、腹の底にある感情は、確かに奈紺も『怪異らしい』性質を持っていた。

「叶は、わたしを助けてくれた。叶は、わたしを独りにしたくないって目で言ってくれた。わたしはもう、独りでいる事に耐えられなかった。なのに……アイツは」

「奈紺？」

「アイツ意味分からない。なんで、むやみに人を殺すの？　ずっと独りぼっちの匂いがした。でも、それを嫌がってなかった。独りでいる事が平気だった。訳が分からない」

無表情の赤瀬奈紺は、強烈な怒りを隠せない。ブルッ、と人間二人が震えたのを見て、奈紺はしおらしく謝った。

「あ……ごめんなさい」

「いやいやいいんだよ！　気を付けてくれるだけいいよ！」

「うんうん」

以前なら空気を読むことも難しかっただろう。実際に事件の起きた後、叶は叔母からかなり心配された。

……無理もあるまい。施錠した家の扉を破壊して侵入するなど、どう考えても人間業じゃない。何とか言い訳してやり過ごそうとした叶に対し、叔母はなんとなしに『察した』らしい。

叶は全く知らなかったが、どうも叔母は若干『勘』が働く人種らしい。不思議な話、おどろおどろしい話、地域に根差した奇妙な伝承などなど……すべてがすべてじゃないが、いくつか叔母は接触した事もあるそうだ。

「最初はびっくりしたけど……一目見ただけで『分かった』からねぇ。そういうモノでもなければ無理だろうし」

「俺、叔母さんが霊感持ちなんて知らなかったけど……」

「そりゃ、今の時代じゃ大っぴらに言えないからねぇ。たとえ身内でも、変な目で見られたく無いし」

それもそうだろう。現代は科学が幅を利かせている時代だ。かくいう都市伝説にしたって、刺激的な怪談話を、人工的に作ろうとした側面がある。多くの人間が楽しみ、話を広げた結果、実際に力を持ったケースだと。そしてあの時の『メリーさんの騙り』は、都市伝説の知名度を利用し、恐怖を煽って乗っかろうとした雑霊の仕業だと……専門家の教授は締めくくっていた。

過去、叶に送られた教授のメールを思い返す彼。思索が一段落した所で、叔母は話を再開した。

「畑仕事や山と関わっているとね、嫌でも不思議な存在を感じる事があるんだよ」

「アレですか。狐に化かされたとか」

「あるある。他にも、気が付いたら山の奥に招かれていたとか、逆にどうあがいても山に入れなくなったりとか……怖い話もあるよ？」

「カンベンしてください！　そういうのは知らぬが仏です！」

この国らしい話だ。日本人は古き土地や山、自然への信仰が厚い民族と言える。農家はいわば、植物や大地と対話するような職だろう。今まで知らなかった、見ようとして来なかっただけで、怪異は案外、すぐそばにいるのかもしれない。

「ははは、若いのを怖がらせるのはやめておくかね。ま、それはともかく、助けた動物が押しかけてくる話も、ちらほら聞くからね。奈紺ちゃんもその類でしょ？」

「えぇと……まぁ、はい」

叔母は奈紺の事を、すべて把握していない。何と勘違いしているのかは知らないが、実際は異なる。呪術によって作られた毒素の塊とは、思いもしないようだ。……知らぬが仏とは、まさにこのことである。

「いろいろと、お世話になってます……人の事、全然分からなくて」

「だよね。そうでなきゃ『雨の日に傘を差さなかったり』『逆に晴れの日に雨傘を差したり』しないよね……」

「傘を差すの、最初全然分からなくて。だって雨が降ったら身体は濡れるモノでしょ？」

「あぁ……まぁ、そうだよね」

野生動物は、雨が降ったら濡れるのが普通。傘を差すなんてことをしない。雨宿りはするだろうが……その後体を拭いたりとか、風呂に入るなどの行動はしない。と言うより、これらは人間特有の行動だろう。

「変な目で見られたから、傘を差してみたけど……それはそれで」

「晴れた日に、雨傘を差していたらそうなるよ……」

実際あの行動は、叶を大いに困惑させた。人としての常識を持たない奈紺は『雨だから傘を差す』という、基本的な事さえできない。

「本当に……ごめんね？　叶」

「大丈夫大丈夫、ちょっとずつ馴染んでいっているから」

「そうそう！　物覚えは早いじゃないか」

「うん……体が、覚えているみたい」

「体？」

「そう。この体、元々はわたしのじゃない。借りた？　もらった？　落ちたのを拾った？　そんな感じ」

「人形だったのかい？」

「違います。多分、ちゃんと人として生きていた……と思う」

何とも言えない表現だけど、何を言いたいかは伝わった。元々『赤瀬奈紺』としての人の身体は、奈紺のモノではないらしい。ニュアンスからして、無理やり奪った訳でもなさそうだ。どんな方法で……と思案に耽《ふけ》った所で、遠くから二人の男が歩いてきた。意外な来客だが、叶は軽く手を挙げ出迎える。

「天草教授と……え、なんでお前がいんの？」

「塩対応ひどくない!?」

容赦のないツッコミに、友人の中沢が大げさに仰《の》け反る。忍び笑いを隠さずに、天草教授が説明した。

「怪異に巻き込まれたって話を聞いたからな。念のため診察と取材だ」

「あぁ……この前のアレですか」

合コンに出没した幽霊騒動の事だろう。無理心中を繰り返す霊は、主催者の中沢を標的に川へと引きずり込もうとした。しかし赤瀬奈紺が察知し、その呪いの力によって無力化……最終的に彼女が捕食して、事件は解決した。叶がちらりと教授を見ると、心情を肯定するように頷く。

「一般的な雑霊の事件だな。後遺症が残るタイプとも思えん。残り香もないし平気だろ」

「そ、そういうもんですかね……初めての経験なモンで」

「オカルト的な経験は、全く無経験のまま一生を終えるか……逆にゴリゴリ干渉されるかの二極化が多い。三番目に多いのが『一回だけ不思議な経験をした』ってとこだ。今後穏やかに生きたいなら、三番目になれるよう頑張れ」

「なるほど……」

少し前に経験したばかりでは、怯えの混じった敬語も致し方なし。中沢が軽く奈紺に頭を下げると、二人も応じるように軽く手を挙げる。何を思ったのか、中沢はふと教授に質問した。

「叶は……多分ゴリゴリに干渉される側……っすよね」

「あぁ。奈紺に接触するまでは一回だったそうだが、傍に怪異を置いた時点でもう道は決まったような物。元々切り捨てられない、あるいは関わりを持とうとするタイプか。今時珍しいが、結果は超幸運か超不運かの二極だよ。巻き込まれたくねぇなら、今のうちに縁切っとけ」

「それ本人の前で言います!?」

「なんの文句も言えねぇ立場だろうが」

「教授の頭にもブーメラン刺さってません？」

「私は仕方ない。生まれつき干渉される体質だった」

雑談もほどほどにして……天草教授は三人から視線を外し叔母に尋ねた。

「ところで頼子さん、例の資料は？」

「あぁ。はいはい、この山の歴史について……ですよね？　ここに住むご老人達にも尋ねましたけど、多分アレはまだ何か隠しているね。分かった範囲だけまとめておいたよ」

「助かります」

「そんなに注目する事あるのかい？」

「……山の信仰体系はよくある形です。だからこそ、一般受けもしやすい。そちらは部外者に適当に話すのに使います」

「えぇ……」

はっきり『よくある形』と言われれば、資料をまとめた方も甲斐が無い。口だけでも珍しいと言えばいいのに、教授は断言していた。

が、そこから先の目線と口調は……『専門家』としての態度を仄《ほの》めかしていた。

「それに案山子《かかし》についての風習が、例の都市伝説とも絡んでいるように思えてならない。どうも一般的な、ただの案山子風習とは思えなくてね」

「どういう事です？　案山子って普通、畑に立ててるアレの事……ですよね？」

「……大っぴらには言えない内容です。ここから先は直接調べます。身内なら身内であるほど、むしろ話せない可能性が高い。まさか……西洋圏のアレを想起させるのが出てくるとはね。個人的にも興味深い」

完全に置いてけぼりになり、大人二人が込み入った話を始める。若者達が困惑する中で、奈紺から話を振った。

「教授さん、生き生きとしてない？」

「やっぱりそう思う？」

「なんだかんだで、怪異話を解き明かすのが好きなんじゃね？」

「そうかも。肩の鳥さんも笑ってるし」

「オレらには見えねぇけど……」

奈紺にしか見えない存在……何らかの怪異に違いないが、一般人の青年二人に分かるはずもない。怪異と伝承の世界は奥が深く、教授にしても完全に理解しきる事は出来ないのだろう。

「貴重な情報、ありがとうございました。……そろそろ帰っておいた方がいいな」

「あら、忙しいの？　ゆっくりお茶でも飲んでいったらいいのに」

「申し訳ない。実は知人が『専門的な調査中』なもので。緊急の連絡があれば、すぐに対応できる態勢でいたいので……」

自分達には程遠い世界の会話に、若い三人はぼんやり見つめるしかない。教授の言う『専門的な調査』は、心霊や霊的な物だろう。どうせ関係ない、遠い世界の出来事と考え、軽く聞き流す。

――それが『赤瀬奈紺』と関わるものだとは、全く知りもしないまま。

幕章　退治屋と怪異

時は少し遡《さかのぼ》る。

学園祭の初日、教授の許《もと》を訪れたメリーシャは……離反したかつての仲間の痕跡についての知見を得た。しかしすぐに帰る事は無かった。近くのお化け屋敷とやらで生じた、強い怪異の気配がどうしても気になったのだ。

調査してすぐに——彼女は恐怖した。もちろん『お化け屋敷に』ではない。

「なんだ……この強烈な呪詛の残滓は……!?」

残留思念とでも言うべきか……微かに残った一般人に分からぬ残留物を、慎重に手持ちの小瓶に入れる。軽いお祓いを済ませた彼女は、ここで力を見せた怪異について、学生に問い詰め聞き出そうとした。

が、情報収集はまるで上手くいかない。何故ならここはお化け屋敷だ。客が真剣に『幽霊が出た』と騒いでも、恐怖で見た幻覚と扱われてしまう。学生特有のノリも相まって、適当にあしらわれてしまった。

「で、ではここでは、何もなかったと……？」

　こんな特級の化け物が出現したのに、被害ゼロとは思えない。粘着質な客へ、面倒臭いとうんざりした学生だが……ふと、何かを思い出したようだ。

「――誰かが、化け物を見て気絶した？」

　聞いたところ、驚かし役の一人が気絶したらしい。客の男女一組に連れられ、休憩室で休んでいたそうだ。

「その人物に会えるか？　興味がある」

　学生は意外な発言に面くらいつつ……冷やかすような目線でメリーシャを見つめる。部外者にいきなり踏み込まれて、良い顔は出来まい。騒ぎがあまり大きくならないように、最低限の情報を彼女は開示した。

「実は……私は少しだけ『霊感』があってね。簡単な診察ぐらいなら出来る。必要なら人も紹介しよう」

　対面する学生の目が据わる。胡散臭いと疑われているのだろう。もっとも『本物』の専門家であるメリーシャにとっては慣れっこだ。フランクに、親しげに、理解を示しつつ歩み寄った。

「その様子だと、この手の話を信じていないな？　いや、無理もない。誰だって当事者になるまで、物事には無関心なものさ。……心霊現象に限らずな」

例えば、日々起こる自動車の事故。

例えば、怪しげな勧誘の電話。

例えば、出会いを求める者達を絡めとる詐欺。

例えば、老いた身内への介護の苦労。

ありふれている日常の落とし穴。それは身近と認識しているようで、自分だけは遠い世界の話だと思い込んでいる。そして自分が不意に落ちた時、知っていた、聞いた事があった、なのに何故……油断していた、無関心でいたのかと後悔するのだ。

少しだけ表情を硬くした学生は、話を聞く姿勢へ変わったようだ。メリーシャはもう一度相手へ詰め寄る。

「それに……よく聞く話だろう？　この手の出し物に紛れて、本物がやって来る話が。百物語や、ホラーゲームの最中に『怪異』が起きる話は。お化け屋敷も例外ではない」

あまり聞かない、と首を傾げる学生に対し……メリーシャは少しだけ裏事情を明かした。

「実はな？　有名どころのお化け屋敷や遊園地は……定期的にお祓いをやっている。他にも、雰囲気作りで貼ってあるお札の中に『本物』を混ぜたりして、ちゃんと安全を確保しているのさ。それでもやって来る霊もいるから、困ったものだが」

知らなかった、と目を見開く学生。事情を知らない彼らは、自分達の『お化け屋敷』が無防備だったと知る。ようやく少し信じる方向に持って行けたようだ。学生は頷き、奥で休憩中の驚かし役の許へ案内してくれた。

——一目見て、メリーシャは理解した。

「これは……障《さわ》られているな……」

はっきりと、この世ならざるモノの気配が残っている。相当力の強い怪異と接触してしまったようだ。ガタガタと奥歯を鳴らして、布団を被って震える人物……幽霊の格好で、霊的なモノに怯えた目がメリーシャを見る。恐怖に飲まれた学生を気の毒に思いつつ、慎重に距離を保ったまま声をかけた。

「初めまして、かな。私はメリーシャ。『コレ』を生業《なりわい》とする者だ。君達の感覚だと……そうだな。いわゆる『祓い屋』『シスター』と考えてくれればいい」

内ポケットに入れた銀の十字架を見せると、学生は少しだけ落ち着いたようだ。お祓いの札や銀の十字架など、映画などで誇張された『退魔の道具』を見せると多くの人は納得する。実際の効果は高くないが、雰囲気で信用を得られるなら十分だ。

「君が接触した相手は『本物』だ。はっきりと気配が残留している。だが、相手の正体が分からないままでは対処が難しい。ありのままの体験を話してもらえるか？」

震えながらも、被害者はゆっくりと体験を話し始めた。

お化け屋敷に、普通の男女と思える二人組が入ってきた。

当お化け屋敷は、カップルと思しき相手に対して『本気』で驚かしにかかるシステムを採用しており、彼らに対してそのように対処。

男性の方はともかく、女性側がかなり怯えている。最後の出番を待っていたこの学生は、女性側を標的に決定。凍り付いて固まった女性に対して、驚かし役は完璧に役割を遂行したのだ。

ところが……限界が来た女性は『瞳を爬虫類のような形に変えて、凄まじい殺気と共に吠えた』という。その後の話を聞くと、どうも同伴していた男性が主に介抱し、気絶した学生を休憩室へ運んだと。

一通り話を聞いたメリーシャは、不可思議な状況に首をひねった。

「妙だな。男性側は化け物の正体を知っている……？　いや、それならお化け屋敷なんぞで怪異の暴走を許す訳がないし……制御が利いていない？　うぅむ、それならとっくに術者側が怪異に喰われて……何だ、このちぐはぐな状況は？」

メリーシャは考えた。考えるほど分からなくなった。雑に考えるなら男女二人組……女性側が化け物、男性側が女性を支配下に置いていると考えるのが自然だ。使い魔か、契約か、状況を考えるに主従が逆転している可能性もあるのか？　改めてメリーシャが被害を受けた学生に触れるが、あり得ないと首を振った。

残った怪異の残滓は、かなり強烈な呪いの気配がする。このクラスの呪術が暴走すれば、むしろ支配しようとした側は反動で確実に死ぬ。あるいは死ぬより悲惨な目に遭うだろう。お化け屋敷に顔を出す余裕はない。

「訳が分からないが……あぁ失礼、こちらの話だ。君が気にするのは、君自身についての影響だろう？　軽く診察したが、祟られている様子はない。対面で威嚇された分、霊的な障りが残留しているが……時間が経てば収まるだろう。しばらく波長が合って『この世ならざるモノが見える』事もあるだろうが……これを身に着ければ、すぐに落ち着くだろう」

そう言ってメリーシャは、最初に見せつけた銀の十字架を相手に手渡す。お祓いの効果は低いけれど、これで十分に回復が見込める。診断の結果、大きなダメージは受けていないと判断した。

残留気配は強烈な怪異。本気で威嚇されたのも事実。しかし致命的なモノは付与されていない。ただ、異常な怪異と対面した影響で、学生の波長が霊的な側に引っ張られている。二次被害を受ける前に、微弱なお守りを渡しておけば防げるだろう。後で代わりの銀の十字架を、本部から補充すればよい。女性から手渡された十字架を、学生は震えながら、大切に握りしめた。

「よし……数日身に着けていれば、障りも収まるだろう。連絡先を教えておく。良ければ経過と……できれば、君が遭遇した男女二人の特定もお願いしたい。あぁ、迂闊に刺激はしなくていい。対処はこちらでやるから、本当に無理のない範囲で頼む。自分でケリをつけたいなら、それでも構わないが……」

少しだけ脅すと、過剰なほど学生は首を横に振る。これで無理はしないだろうと頷き、メリーシャは自分の連絡先を渡した。こちらもしっかりと握りしめた学生は、やっと肩の力を抜いて息を吐く。誰にも相談できず、誰にも頼れず、自分一人で己の体験と向き合い続けるのに疲れたのだろう。

「もう大丈夫だ。後は私達に任せておけ」

ここから先は、専門家たる自分達の役割……怯える若者に伝えると、どうにか落ち着いてくれたようだ。

――メリーシャは、いくつか隠している事がある。

今回の犯人は、簡単に見つけられるとは思えない。不特定多数が出入りする『お化け屋敷』な上、学生行事では監視も不十分。被害がこの程度では本腰を入れるに至らない。何より今は、より優先すべき事項——袂《たもと》を分かったかつての仲間の捜索がある。

(シギック……お前がいれば、この手の追跡も早かっただろうに)

仲間の顔を思い浮かべ、軽く息をつくメリーシャ。

泣き言は言ってられない。彼がどこにいるかを突き止め、出来るなら確保しなければ。

この二つの案件に、繋がりがあると知らぬまま——怪異からこの世を守る役割の女性は、大学を後にし、かつての仲間の拠点を目指した。

＊＊＊

「これが……お前の研究成果だと言うのか？　シギック……」

『教授』からの情報を得た祓い屋は、どうにか危険な領域を乗り越えた。準備期間を経て、ある専門家集団が『富士の樹海』深部へたどり着いたのだ。

僅かな痕跡と、自分達が知る仲間の性格、言動を基に……組織を抜けた人物の研究設備を発見した。中は冷たい空気が漂い、人の気配は感じられない。肌を刺す冷気は、温度のせいだけではない。朽ちた空洞が広がる場所で、仲間の声が反響した。

「随分と広大な土地ですが……どうやら元々地下に空洞があったようです。それを補強しつつ、霊的な力……『教授』が言う所の『龍脈』を利用していた……でしょうか？　この手の術式は専門外ですので、断言できませんが」

禿げ頭の男性が、放棄された設備を見分する。メリーシャの仲間の一人で、信心深い法衣の男だ。霊的な危険を振り払い、富士の樹海深部へとたどり着いたのである。

「私も専門外だが……道中を考えるに、霊的な力を溜めやすい土地な事は疑いようがない。こんなモノが暴走した時の反動は……考えたくないな」

人類は有史以来、様々なエネルギーを運用してきた。しかしエネルギーそのものや、エネルギー資源にまつわる事故は起きている。膨大なエネルギーを必要とする人類文明だが、その膨大なエネルギーの扱いを誤れば、悲惨な結果を辿るだろう。霊的な力も同じだ。

幸い、暴走した形跡は見られない。設備内は霊的エネルギーを用いて稼働しており、軽く調査しても破損は無い。三人が調べていくと、すぐに設備は復旧した。

「うん。全部正常みたい」

「ルゥーナ、分かるのですか？」

「なんとなくね。川の流れみたいな物……かな」

メリーシャの仲間の一人、ゴシック服の女が中空を指でなぞる。指揮者のような所作で『何か』を知覚している。黒の衣服のフリルが泳ぎ、目を閉じて感覚を研ぎ澄ました。

「澱《おり》は……こっち、かな」

「ルゥーナ?」

「ついてきて。防護は緩めないで」

「お待ちなさい。己《わたし》が前衛を務めましょう」

法衣の男は、率先して怪異に立ち向かう。瞳に宿るは使命感……だけではない。この世ならざるモノを許さぬ、神聖な断罪者の気迫で前に出た。

ゴシック服は頷いて、目を閉じたままゆらりと指を差す。自分の意志ではっきり差した……と言う雰囲気ではない。自分自身の第六感に従い、曖昧な意識で静かに指向した先は――


「ここは……なんだ? ドームか?」

「ここから嫌な気配が漏れ出てる。まだこの先は未調査だよね?」

「僅かですが、腐臭もします。アンデッドかゾンビがいるかもしれません。戦闘準備を」

三人組が目を配らせ、緊張の面持ちでドームの入口に手を伸ばした。錆や損傷はほとんどないが、質量はずっしりと腕に負担をかける。禿げ頭の法衣の男が、慎重に戸を開くと――広大な敷地と小部屋が見えた。

「何かの実験施設か? いや、その割には呪具が見当たらない……」

「魔術や儀式の紋章や刻印も見えませんね」

「気を付けて。ここが澱みの中心。調査しよう」

ドーム内部は、一見すると綺麗に見える。しかし霊的な感覚を持つ者なら分かるだろう。何かの恨みつらみ……残留した怨念が滞留し、三人の退魔師に悪寒を走らせた。霊的な力を持つ『富士の樹海』で、育ちに育った怨みの力。幸い、三人にとって敵ではなさそうだ。

渦巻く怒りの思念達。その中心に向けて、ゆっくりと三人は歩き出す。やがて彼らは発見するだろう。無数の怨念に囲まれた一つの死体は、ローブを纏った人間に見えた。

あぁ、三人にとっては——その背格好とローブは、ハッキリと見覚えがあった。

「——シギック」

かつての仲間、自分達の組織を、教会を抜け出した一人の男の姿がある。放置された設備と裏腹に、死体は綺麗に原型を留めている。……不自然なほどに。

「あの馬鹿者……相当恨まれているようですね」

「残留思念に囲まれている。死んでいるけど……死ぬより、酷い」

「ただの抜け殻であのザマか……」

見える者には見えるだろう。いや、あれだけの障りであれば、霊感のない人間でも感知できるに違いない。凄まじい呪いが、死してなおも魔術師の死骸を責め立てていた。

人の死体に、無数の動物や虫の亡骸が——もちろん実体のない霊的な死者だが——それらが無数に覆いかぶさり、押しつぶしているように見える。どれもこれも色合いが毒々しく、一目で『毒』を有している事が分かる。全員、生物学は専門外だが……毒々しい色合いで、直観的に理解した。

「毒のせいで、肉体の腐敗が止まっているようですね……」

「どれだけ呪われているのよ!? でもあれって……」

「本体じゃない。余波でこれか……?」

死体は紫色のチアノーゼ。普通なら血の気が引いて、肌は青色になっているだろう。時間の経過を考えれば、腐敗して白骨化してもおかしくない。それを阻止する毒蟲の群れは、自我の薄い抜け殻のようなもの。弱小霊なら簡単に振り払える雑魚だけど、異常現象を起こすほどの残留思念に恐怖する。幸い、死体に近寄らなければ大丈夫だが……遠巻きに漏れる怨嗟の念に、ゴシック服の女性が顔を青くしつつ言う。

「余波でこれなら、本体はもっと危険だよね? まだこの施設にいるの?」

「それは無いでしょう。本体がいるなら、ここを根城にしているはず。もしここを拠点にする化け物がいたら……不意打ちで我々が全滅していたかもしれません」

「ロウ、笑えないぞ……」

「笑い事ではありません」

法衣の男、ロウは眼光鋭く修道女を見据える。深刻な状況に間違いはなく、メリーシャも異論はない。本当は死体を調べるのが手っ取り早いが、呪い渦巻く中に飛び込むのは危険だろう。施設に残った研究資料を当たる方が安全そうだ。内部の調査に入ると……すぐに『当たり』の紙束を発見した。無数の文字に指をなぞらせ、実験記録に目を通す。

「蟲毒……大陸系の呪術か。教授の知識を基に、シギックはここで……」

「纏わりつく残留思念は、実験の過程で死んだ毒虫達……かしら」

「それに……呪術のアレンジとして、一度制作した蟲毒同士をさらに争わせ、呪いと毒性を濃縮しています。生き残った個体も、霊的な力の溜まりやすい場所で飼育して……自然に成長するように、環境を調整していたようですね。ただ力が大きくなりすぎて、制御が外れて暴走した……」

状況証拠は十分。残った無数の資料を見ても、何が起きたかは想像がつく。ありがちな話とはいえ、死んだのが知人だと気が沈む。そのシギックが研究中に採取したのか、いくつかの標本をメリーシャは手に取る。残り香の呪詛に注意しつつ調べ、そのうちの一つに手を触れたシスターが目を見開いた。

「どうしました？」

「この波長は……いや、しかし、そんな偶然があるのか？」

「どうしたの？　分かるように話して」

まじまじと眺めるのは、巨大な蛇の抜け殻。恐らく、蠱毒で作られた毒蛇の物だろう。

残留物を慎重に採取しつつ、メリーシャは二人に言った。

「これと同じ……限りなく近い個体かもしれないが、コイツの気配は身に覚えがある」

「なんですって？」

「以前、教授へ助言を求めた時……近くのお化け屋敷で、異常な強さの怪異が出現した。

被害者から証言も聞いたし、残留物も採取している」

「……話が見えて来ません」

「詳細は後で説明するが……この前教授に助言を求めた時、異常な強さの怪異が出現した。

対面した学生によると『人の女の形をした存在から、強烈な怪異の気配をむき出しにされて威嚇された』らしい。この抜け殻と波長が合致している」

「ちょっと待ってよ……そんな偶然ある!?」

なんという因果だろうか。行方不明の化け物が、既に遭遇済みなどと……誰が想像できる？　メリーシャは確信を持っているが、同行者の二人は半信半疑だ。

「確かなのですか？　いくらなんでも……」

「あぁ、疑うのは分かる。私だって信じがたい」

「証拠は？」

「学園で……残留物を回収している。この抜け殻を持ち帰れば、教会内で照合できるだろう」

　メリーシャの言う照合とは、科学で例えるならＤＮＡ検査のようなモノだ。専用の器具で、霊的な波長や性質を検査すれば、同一犯かどうかを明確にできる。仲間達も道理を理解し、語調を合わせた。

「もし合致するのでしたら、不幸中の幸いですね。こんな化け物がいて、何も事件が起きていない事が奇跡です」

「今まで起きてなくても、このまま放置したら起きるでしょ……」

「そうだな。だが、今すぐ動けば間に合うかもしれない。私の知る怪異と、ここで作られたモノが合致するかはともかく……ひとまずここの調査を切り上げ、現存する『蟲毒の三倍体』の討伐、あるいは封印を優先する。それで異論はないな？」

　かくして……修道女のメリーシャ、法衣の男ロウ、ゴシック服のルゥーナの三名は優先すべき対象を決定した。

『それ』が今、どんな姿で、どんな生活を続けているかなど、全く想像もしないまま。

第五章　コドクと彼女

かれこれ何か月が経っただろうか？　赤瀬奈紺が、枇々木叶の所に来てから。

最近は現代の生活に慣れ、徐々に常識も得つつある。電子機器も扱えるようになった奈紺は……叶と同じ機械を手に持って、隣ではしゃいでいた。

「叶！　叶！　次はこれやろ～？」

「いいよ。それじゃあセーブして……」

「あれ、どうやるんだっけ？」

「貸してみて」

そう言って、叶は奈紺のゲーム機を手に取った。最新のゲーム機をもう一台買うのは、学生の彼にとって中々の出費だったが……叔母の手伝いなどで、こつこつ稼いだ奈紺のお小遣いと、叶の共同出資で何とかした。

最初こそ戸惑っていたが、なんだかんだで彼女の方が暇な時間も多い。一緒に遊べる時間も作れるし、ネットに繋いで遊べるモノも多い。依存症になられては困るが、幸いその辺りは大丈夫そうだ。

「長い事やっていると、目がチカチカするよ……」

「にしても早くない？」

子供向けに『ゲームは一日一時間』との文言もあるが、娯楽に溢れた現代で律儀に守っている奴は何人いるのやら。けれど奈紺は、夢中になるより疲れる方が早い。どれだけ頑張っても、集中が続くのは一時間と少しが限界とのこと。寂しい気持ちもあるが、世間に馴染むにはよい塩梅《あんばい》だろう。夢中になられて、ニートになってもそれはそれで困る。

「疲れてきちゃったから……すぐやっつけるね」

「えっ」

奈紺の雰囲気が変わる。若干怪異の気配がにじみ出ているが、プレイ画面を見れば一目瞭然。この子は――主に『戦闘』を主眼としたゲームとなると滅法強いのだ。アクションと格闘ゲームに関しては、叶より適応が数段速い。今二人は、協力して敵を倒すゲームで遊んでいるが――至近距離に張り付いて、敵を見切り打撃を加え続ける奈紺の動きは、完全に熟練者のソレだ。

「見切っ……たぁっ!!」

「嘘ぉ……」

当て身技――カウンター技を合わせて、奈紺の操作キャラクターが必殺技を放つ。それがトドメの一撃となり、強敵だったはずの敵が崩れ落ちた。呆然と眺める叶のキャラクターは、その瞬間、確かに叶の分身として成立している……

「やったー！　いぇーい！　わたし、すごい!?」

「う、うん。スゴイ。凄すぎる。俺、完全にキャリーされてるよこれ……」

「よく分かんない！」

「ええと、すごい奈紺に助けられた……って事」

「そうなの!?　わたし、叶を助けられたの!?　うれしい！」

「そうだね……ありがとう」

「えへへへぇ……」

こうして話していると、普通の人間と変わらない。まだまだズレている所もあるが、このまま人の世界に溶け込む事は、不可能ではないと思う。無邪気にはしゃぐ彼女を見て、叶はそう思った。

奈紺は最近、すっかり明るくなった。

時々悪夢に震える事もあるが、頻度は明らかに減りつつある。うっかり叶に呪いか毒を注入してしまう事も減り、その後噛みついて毒を吸い出す事も減った。

断言できる。彼女は徐々に、その心が人に近づいている。このまま一緒に暮らしていくことも……きっと不可能じゃない。少なくとも傍で見る叶には、そう思えた。

「あ！　そろそろお昼だよね？　何を作る？」

「もうそんな時間か。じゃあ――」

ゲーム画面をいじりながら、今日のメニューを考える。冷蔵庫の中身を想起し、いくつか選択肢を浮かべた所で……ふと、何かの臭いが鼻を突いた。

不快感は薄い。悪臭ガスとは違う気がする。線香やお香などの、主に虫よけや葬式場で嗅ぐ類の臭いだ。叶は焚いていないから、誰かが燃やしているのだろうか？　しかし隣家にまで流れるほど、この手のモノを燃焼させるか？　疑問が浮かぶ中で、赤瀬奈紺がせき込んだ。

「奈紺？」

「これ……あんまり好きじゃない」

けほっ、けほっと咳をする彼女は、顔色も心なしか悪いように見える。はっきりと『嫌い』と言えばいいのに、叶に遠慮して我慢しているのだろうか。

近所付き合いも考えると、中止を求めても難しいだろう。まだ昼食前だし、叶はこう提案した。

「じゃあ……少し外を歩こうか。昼ごはんも外で食べちゃおう」

「……いいの？」

「だって、奈紺が嫌がってるし」

「そう、だね。あ！　じゃあわたしが奢るね？」

「気持ちは嬉しいけど、無理しないでよ？」

「うん！」

話している最中、また彼女が何度かせき込む。相当嫌っている様子で、叶は彼女に促した。

「荷物の準備とか、戸締りとか、後片付けとかの細かい事は俺がやっとくよ。奈紺は先に出ていていいよ」

「いいの？」

「顔色も悪いし、相当苦しそうだよ。珍しいね？」

「そうかも」

彼女は今も咳をしていて、かなりの重症に思える。叶が全く無事なのに、奈紺だけが苦しんでいるのが不思議でならない。

幸い、原因は明確だ。どこかの誰かが焚いた煙なのだから、火元から離れるように移動し、煙が来ない場所へ移動すればいい。少しでも早く奈紺が楽になればいいと、先に出かけるよう促した。

彼は察するべきだった。

この現象は、敵意ある者達の計画通りだった事に。

＊＊＊

古い寮を、三人の人物が真剣な目で見つめていた。

遠巻きに見据える先に、焚かれたお香が風に煽られ拡散する。もし刺激臭がしていたり、濃密な煙が生じていれば苦情ものだろう。

だが、その様子はない。当然だ。このお香は『通常の人間であれば全く無害』なのである。

逆に言えば――コレに反応するのは『怪異や異形に限定』されている。寮の一室が開き、一人の女が外へと出る。手すりを握ってゆっくり歩く様を見て、三人組の一人が声を上げた。

「外に出たわね……って、なんで平気なの!?　普通に動いている!?」

動揺を見せる女性の外見は印象深い。いわゆる黒のゴシックロリータ衣装……西洋人形やビスクドールが着用しているような、浮世離れした格好。真っ黒な生地をベースに、無数のフリルが付いている。仮にここがヨーロッパだとしても、こんな格好で街をうろつけば視線を浴びるだろう。着衣の一部……主にボタンや繊維に、奇妙な光沢と文様が浮かんでいるのは、気のせいではない。

彼女の両脇にも、強烈な格好の二人組がいた。

一人はいわゆるシスター……神に仕えて祈りを捧げる者の格好だが、現代日本では別のイメージを持つかもしれない。

最後の一人は男性だ。坊主頭に、教皇や法王を思わせる、白と青を中心とした生地に、金の刺繍をあしらった法衣を身にまとう。手には頭が少し膨らんだ杖を握り、いかにも『僧侶』や『司祭』といった風貌か。

この三人は――『尋常ならざる怪異』を祓いに来た。明確な意思を持ってここへ来た。かつての仲間が作り上げてしまった『蟲毒の三倍体』を消し去るために。

しかし三人の表情は優れない。思ったより弱っていない怪異に焦りを感じているのだ。

僧侶がゴシック衣装へ問いかける。

「ルゥーナ……どういうことです？　あなたの腕は確かです。間違いなく呪術も起動している。まさか、相手が強すぎるのでしょうか？」

「冗談じゃないわよ。これ、並みの悪霊なら即昇天するんだけど……？」

ゴシック衣装の女性が青ざめる。視線の先には寮と、小さく焔《ほのお》を揺らす祭壇がある。形状は……小型化したキャンプファイアーと言ったところか？　木組みの四角形の中心に、何かの草や奇妙なモノが投げ込まれ、焔は紫色に妖しく燃えて煙を上げていた。

それを浴びている女性は、遠目でも体調が悪そうに見える。されど足取りはしっかりしており、すぐに力尽きる事は無いだろう。

「シギック……面倒な置き土産を残してくれましたね」

「結界を張る。通報されたり、録画されても面倒だし」

「……やりにくい時代になったものです。ひと昔であれば、街中で堂々と祓えたものを」

「愚痴は後だ。始めるぞ」

修道女のメリーシャが、澄んだ液体を詰め込んだ瓶を握る。いわゆる『聖水』を詰めた薬瓶を、女性側へ思いっきり投げつけ——

＊＊＊

雑事を終えた直後だった。すぐ近くから女性の甲高い悲鳴が聞こえてくる。それが奈紺の物だと気が付くまで時間がかかった。彼女は滅多に悲鳴を上げたりしない。危険な目に遭うことも考えにくく……叶に油断があった面は否めなかった。

何にせよ異常な事態に違いない。慌てて外に飛び出した所で、奈紺の周りに珍しい衣服を着た三人組がいることに気が付く。ちょうど正三角形を描く形で、彼女を取り囲んでいた。

一人は修道女……いわゆるシスターの格好。黒と白を基調とした姿に、首には十字架を下げている。

一人はゴシックロリータの女性……それこそ西洋人形めいた格好。これもまた黒と白の色合いだが、フリルの多さがまるで違う。表情も薄く、細めた瞳は感情が窺えない。

一人は白と青色を中心にした生地に、金色の刺繍の法衣を纏った男。温和そうな表情の底に、強い敵意が隠しきれていない。

どこか魔術的な、あるいは神秘的な印象を受ける三人組。良く見れば地面に奇妙な紋様も描かれている。その光景を見て、何故だか分からないが……叶は身震いがした。

「シギックの資料を見る限り、材料に人間は使われていなかったはずだが……何故人の形をしている？」

「分かんない。そういうの、私は専門外」

うち二人は女性。話し合う表情に困惑が見える。しかし最後の一人が、断罪者の口調でつらつらと語った。

「どうでもいいでしょうそんなことは。異形が人のフリをして、騙して襲うなどよくある話。人の形の方が、人間を騙しやすかったから……適当な年頃の女の姿をしているのでしょう。こんなもの、それらしい演技でしかありません。さっさと討伐してしまいましょう」

「……あなたの率直過ぎる所、キライ」

「遠回しで何もはっきり言わない、誤解と曲解ばかり招く今の世の方が、己《わたし》はキライですよ」

それは何に対する苛立ちか？　明確な事は何も分からないが、腹の底に怒りや憎しみ、強い敵意を抱いている事だけは伝わって来る。二人の女性は煮え切らない表情だが、何らかの紋様へ向ける感情は同じに思える。叶も目線を移せば……そこに赤瀬奈紺が震えてしゃがみこんでいるではないか。

細々《こまごま》とした思考は、そこですべて吹き飛んだ。何の躊躇も無く駆けだした叶は、息を切らして突き進む。何も気にしていない三人組に向けて、青年は吠えた。

「何を……あなた達、何をしている!?」

「「「!?」」」

三人が一斉に叶を見た。最初は驚いた表情で。三者三様に顔を見合わせるが、法衣の男が笑顔で拒絶を示した。

「あなたには関係のない事です。見ない方が良い世界の話ですよ」

笑ってこそいる男の顔は、その奥にある何かを隠す仮面――底知れぬ何かを感じ取りつつも、叶は怯まずに声を上げた。

「同居人の事が、関係ない訳ないでしょう!」

「それがいつからか、はっきりしていないでしょう?」

「今年の春先！　住んでいる寮の扉が壊れた時です！」

「……ふぅん。多分原因、この女の人よ」

「知ってます！」

「おい、冗談も大概にしたらどうだ。普通の人間が、扉を壊せる訳が……」

「彼女が人外な事ぐらい知っています！」

初めて、そこで三人組が表情を変えた気がした。叶の宣言を受けて、一瞬だけ固まる。

けれどまだ、彼らは赤瀬奈紺を解放する気はなさそうだ。淡々とここから引き下がるように言うばかりで、叶の言い分を聞く気が無い。

「余計な手出しはそこまでにしなさい、青年。あなたの隣にいる『ソレ』は、人の手に負えるモノではありません」

「なんで庇うの？」

「………………事情が呑み込めないだろうが、今は私達の指示に従え」

三者三様の言葉を投げかける。格好は一見してふざけているとしか思えないが、奈紺の本性や正体から察するに――

「あなた達は……奈紺を退治しに来たのですか？」

「察しがいい。その通り」

「なんでです？　彼女は……彼女はどこにも迷惑なんてかけてないですよ!?」

「……今のところは、な。だが、呪いと力の強さは度を越している。下手に暴発する前に手を打ちたい。そういう事だ」

淡々と語る修道女は、感情を無理に押し殺しているようにも見える。一方の法衣の男は、露骨な嫌悪を滲ませて吐き捨てた。

「名前まで付けて飼っているとは……危険な悪趣味もほどほどにしなさい」

「いきなりやってきて、何も知らずに何ですかその言い草は!?」

「何も知らないのは貴様の方だっ！」

法衣の男が杖を地面に打ち鳴らす。裁判官が鳴らす木槌《きづち》のように、厳粛に、静粛に、強引に会話を切る音。一瞬息を呑んだ叶に、法衣の男が一歩近づき宣告する。

「怪異に心などありはしない。すべて人間を騙すための、演技や欺瞞《ぎまん》でしかない。そうして安心して背中を見せた所で……最も致命的な事態を引き起こすのです」

「だったら奈紺が……人間を傷つける理由はどこにあるんです!?　彼女は……奈紺は最初から、孤独を嫌がっているだけですよ！」

「この怪異は、既に一人殺している。しかも死んだ後も……死者を呪い続けている。抜け殻や余波だけで、我々が震え上がるほどの力です。そんなものに同情して……死にたいのですか、えぇ!?」

怒りに満ちた法衣の男。怪異や異形を許さぬ断罪者が、絶対的な審判の如く言い渡す。

きっとこの男の言うことは、間違ってはいないのだろう。が、そんな言い分で納得できるはずもない。迷わず構えた枇々木叶が、今度は見えない何かへ向かって体当たりを繰り出す。派手に弾き飛ばされた叶を見て、閉じ込められた奈紺が言う。

「かなえを、悲しませないで。かなえを、傷つけないで」

「…………何か、契約を結んだのか？」

「わたしは、かなえと一緒に居たいだけだよ……！」

「何を言っているのよ。あなたは、この世にいてはいけないモノ。生まれて来た事が間違いのモノ。幸せになれると思っているの？　自分自身が呪いなのに？」

それは、明らかな事実であった。事実故に深く傷つき、黙るしかなかった。

壺の中に毒虫を投げ込み、一人になるまで殺し合わせることで完成する呪いの『蟲毒』は、人が呪いを求めるがために生み出された。

この世の条理の外にあるモノ。この世に本来あってはならないモノ。幸福とは遠い位置にあるモノは……だからこそ、自分自身で叫んだ。

「――それを、生み出したのは、わたしじゃない。わたしだって……わたしだって、こんな風に生きたくなかった。こんな身体で、こんな呪いを抱いて、生きたくなんてなかった。作ったの、産んだの、にんげんじゃないの？」

「――……」

「ひつようとして、もとめられて、生まれて……苦しんで、悲しんで、でも全部、偽物って言うの？　ねぇ、どうして生んだの？　こんな風に、生まれたくない。こんな風に、生きたくない。それを……違うって言ってくれたの。かなえだよ？　くるしくても、かなしくても、傍にいてくれたの、かなえだよ？　かなえが、わたしの寂しいと悲しいを、止めてくれたんだよ？　だから、一緒に、いさせて」

それは下手な呪詛より、魂に刺さる言霊だった。

呪いそのものが語る、言葉ではなかった。

「……後味、悪い」

ゴシック服の女が顔をしかめる。全く話が通じない訳でもないのか？　叶がゆらぎを大きくする中、またしても男の叱責が飛ぶ。

「未熟者――！　こんな人のフリに騙されてはなりません！　ルゥーナ、あなたには一度本国に帰って勉学を……」

「ロウ。少し頭でっかちが過ぎないか？」

「メリーシャ！　あなたまで何を言い出します!?」

「ここまで抵抗らしい抵抗もなく、大人しくしているのだぞ。何より……打算で今の言葉が出てくるか？」

「人の心を読み、心地よい言葉を吹きかける怪異も珍しくないでしょうに！」

「いい加減にしろ。生まれた経緯の資料も読んだだろう？　少なくとも、言動に矛盾は無いように思えるが？」

「どうでもいいです。最初から滅ぼすしかないのですから」

「お前……」

呆れた顔を見せるメリーシャを無視して、法衣の男は淡々と、粛々と奈紺に詰め寄る。

見えない壁越しに見つめ合う叶と奈紺の前で、鋭く杖を奈紺の頭に叩きつけた。

ごっ、と鈍い音がした。一撃で命を絶つような、重い重い打撃音が。

なのに……全くと言っていいほど、出血が無い。奈紺はぐったりと倒れて意識を失い、
何も話さない。元々体調が悪かった……なんて微妙にズレた思考は、現実を受け入れたくない叶の心理か？　意識がぐらりと遠のく中――何かの気配が漏れ始めた。

『怪異』の気配だ。何度か叶が感じた赤瀬奈紺の『本性』の気配。他の三名が顔色を変え、
一斉に倒れ込んだ彼女の身体を見つめる。

――黒いモヤに包まれた女性の肉体が、徐々に蟲や毒を持つ生物に崩れていく。大急ぎで全員が身構えたが、あまりに無意味に過ぎた。

「は……ははっ、ははははははぁああっ!?」

「ルゥーナ!?　取り乱すな！　大急ぎで……」

「化け物……化け物っ！」

三人が囲む中心――無数の蟲が集まり、漆黒の塊が一つの形を成す。

巨大な蛇が……禍々しい体表を持つ呪いの蛇が、橙色の眼光を灯していた。

全長を含めれば、十メートルはあるだろうか？　人ひとりぐらい、平気で丸呑みに出来る巨体。その周辺は無数の毒虫が飛び交い、加えてさらに——悍《おぞ》ましく禍々しい気配をまき散らしていた。

「なんなの……!?　これなんなのぉ!?」

「くそっ……ロウ！　結界の展開を引き継げ！」

「そ、それが……」

蠱毒の蛇が、三人の退治屋を見つめる。先ほどまでの弱りかけは、いったい何だったのか。今では悠々と地を這い、ゆっくりと接近してくる。

結界も、焚いていた煙も、完全に効力を失っていた。その怪物の、蠱毒によって濃縮された毒素は、たかだか退治屋三名で対処できはしない。

毒の瞳が、魂を凍らせる。これから死ぬのだと、誰もが予感した刹那——

怪物の方へ、叶が走った。

「!?　ば、馬鹿っ!?」

——三人は、真っ先に彼が殺されると読んだ。

正体を暴かれた膨大な呪詛。無数の毒虫同士が殺し合い、濃縮されて作られた呪術の化身。ただの一般人が立ち向かえる筈もなく、逃げようにも逃げられない。そして青年が死んだ後は、今度は三人組の番が来るのだと、容易に想像できた。

予想は、簡単に裏切られた。

「奈紺！　奈紺！　大丈夫!?」

「うん……叶は？　大丈夫？」

「大丈夫……大丈夫だって……」

「よかったぁ……」

巨大な蛇が鎌首をもたげて、ただの一人の人間にすり寄る。叶は両手を広げ、互いに寄り添い、無事を確かめ合っている。正面から真っすぐに向き合い、一つの怪物と人間は、確かに対等に触れ合っているように思えた。あの恐ろしい気配は消えていないが、不思議と恐怖は抜けていた。

三人の反応は様々だが……修道女のメリーシャが仲間に問う。

「これでも……彼女に心はないと言えるか？　ロウ」

「……………たまたま、上手く収まっただけです」

「そうかもな。だが……私はもう、手を出せんよ」

毒気を抜かれ、退治する気も失せた三人が、各々の武器を置く。

奈紺と叶は気づかぬまま、互いに強く触れ合っていた。

終章　彼女と共に

「……と言うわけで、やっと折り合いがついた。この前の事も含めて……済まなかったな」

「話がまとまったなら、良かったです」

叶と奈紺の二人は、喫茶店で一人の女性と話し合っていた。

対面の女性は、かつて修道女の衣服を纏っていた人物。奈紺に手を出した三人組の一人だ。あの時奈紺を……『蟲毒の三倍体』を、この世から滅却させる予定だった。ところが失敗して、一般人が乱入して、呪いと熱烈なハグを交わす場面を見せられ、完全に戦闘意欲を喪失。

危険な存在ではあるが――対応をどうすべきか、後日話し合うと言って、彼らと別れたのだ。あの場は。

今日は戦う気がないと、薄いピンクの上着に、白のシャツ。ボーイッシュな青のジーンズを着用したラフな姿だ。本人によると『あの衣服は戦闘用』らしく、日頃から着用はしないそうだ。

「すまない。どうも西洋圏《ヨーロッパ》では、異物や怪異は排すべしの風潮が強くてな……もちろん、共に生きる選択もあるのだが、この国ほど寛容ではない」

「そうなんですか？」

「まぁな。西洋ではロウ……この前の法衣の男のような考えが主流だ」

「メリーシャさんの対応の方が、珍しいの？」

「傾向としては。ただまぁ……ロウはロウで色々あってな。過激派な事は否定しない」

あのハゲ頭の法衣の人物を思い出す。最後まで執拗に『奈紺を滅すべし』という態度を崩さなかった。使命感だけでなく、何か事情があるのだろう。気にはなるけど、本題に話を戻した。

「赤瀬奈紺……君が生まれた経緯は、確かに同情に値する。元々こちらの落ちこぼれ魔術師《メイガス》が、見よう見まねで大陸系の呪術に手を出したのが原因だからな。『蟲毒の三倍体』……危険度も高いから、事を起こす前に対処すべしと、上の方もうるさかった」

「前から少し気になっていましたけど……なんです？　蟲毒の三倍体って。通常の蟲毒と違うんですか？」

奈紺の本性は知っているが、いったい何がそこまで危険なのだろうか。通常の蟲毒と何が異なるのか。当人の奈紺も理解していないようで、首を傾げている。「これは推測も含むが」と前置きし、女性……メリーシャは語った。

「通常『蟲毒』は、壺の中に大量の毒虫を投げ込み、その中で殺し合わせる。そして生き残った一匹が、呪いと毒を溜め込んだ使い魔として生成される。

だがシギックは……奈紺を生み出した術者は、さらに毒性を強めようとした。その方法として、呪いを濃縮させる手法を思いついた。方法は……『生まれた使い魔をまた壺に押し込んで、殺し合いをさせる』事。そうして生まれた個体を『二倍体』と奴は書き記していたよ」

「わたしは……もういっかい、殺し合いました」

「そうだ。だからもう一段階、君の呪いが濃くなった……『蟲毒の三倍体』が君だ。まさか人格を獲得するとは、あの落ちこぼれ魔術師も想像してなかったようだな」

「……わたし、その人」

奈紺が言葉に詰まった。色々と話す中で、そのことは叶も聞いていた。呪いを作った主とはいえ……その人間をどうしたかも、知っていた。

修道女は、二人の空気をバッサリと切り捨てた。

「奴に関しては……殺されても文句は言えん。身内な事を差し引いてもな」

「身内……お友達、だったんですか？」

奈紺が微妙に口ごもった。叶を通して中沢を……友人という概念も知りつつある奈紺。今更ながらの罪悪感だが、全く感じなかった時期と比較して成長だろう。叶が少し驚いていると、修道女も一瞬固まってから、おずおずと話し始めた。

「ライバルや研鑽《けんさん》の相手、だろうか。今時珍しい魔術を扱っていた。馬鹿にする奴もいたが……今思えば、それが良くなかったのかもしれん。こじらせてしまったのだろう」

「……そう、ですか」

分かったのか、分からないのか、奈紺の表情は曖昧だ。彼女にしてみれば、自分を呪いに変えた張本人の話。聞いてて愉快でないと察し、退治屋の彼女は話題を変えた。

「すまない、迂闊な話題だったか。変に刺激して、君に暴走される方が怖い」

「わたし、暴れませんよ？　叶やわたし、普通の人を傷つけるなら……怒りますけど」

「……君がこうした感情や理性を獲得しているのは、上も私達も想定外だ。むやみに暴れないだけ、私達としてもありがたい。が、それだけで上を納得させるのは無理でね」

「えっ」

叶は固まった。また誰かに襲撃されてしまうのだろうか？　表情を強張らせる青年に、メリーシャは慌てて結論を告げた。

「不安にさせたか？　だが安心してくれ、既に上にも話をつけている。他の専門家の助言も伝えてね。幾分か虚偽も入れて現状維持を約束させた。

　筋書きはこうだ。たまたま『赤瀬奈紺』を保護した君が、彼女と呪術的に契約を交わしてしまった。幸い、叶君が傍にいる間は『蟲毒の三倍体』に強いセーフティーがかかる。迂闊に刺激したり、強引に引きはがすより、このまま人柱で縫い留めた方が安全だ。とね」

「人柱って……そんな悪い物じゃないですよ。彼女は」

「えへへぇ……」

「おい、のろけるな」

　真剣な空気が、一瞬で霧散する。脱力したメリーシャが、ぼそりと呟いた。

「言霊……か。大丈夫だ、と言い続けたから、本当に大丈夫になったのかもな」

「はい？」

「いや、何でもない。こちら側の話さ。

　ともかく……時々様子は見に来るし、危険な事をすれば即座に対処はさせてもらう。だが、今まで通りの……普通の人間としての生活を望むなら、こちらとしても穏便に済ませよう」

「良かった……ありがとうございます」

「ありがとう、ございます？」

難しい話で、赤瀬奈紺は理解が浅いようだ。それでも、礼を言えるだけ良しとしたのか、修道女が笑って去ろうとする。叶としてもこれで終わりと思っていたが、奈紺から彼女に声をかけた。

「あ、あの……！　時間、ありますか？」

「ん？　予定は空いているが……どうした？　何か？」

メリーシャにも予想外なのか、虚をつかれた表情で立ち止まる。呼び止めた奈紺がためらいがちに、シスターに向けてお願いした。

「あの……えぇと、一緒に服、探してくれませんか？」

「……………ええ？」

メリーシャは困惑した。あまりに普通な発言に困惑した。叶も驚愕と困惑で固まって動けない。一方の奈紺は……どこにでもいる女性のように、唇を尖らせて言う。

「だって、叶と一緒だと……女の子の服、上手く選べないし」

「う……そ、それは……」

「あー……確かに色々と難しい、か」

「うん。だから、女の人と一緒に選びたいです。メリーシャさん？　は、すごくピシッ！としててカッコいい！　そう思ったから……ダメですか？」

真正面から言われてしまい、一度は対峙し、退治を試みた女性は思わず天を仰いだ。

「……参った。完全に降参だ」

「えぇと、じゃあ？」

「近場の量販店で良いか？　私は奢る気無いし、君達は財布も厳しいだろう？」

「ありがとう！」

「助かります」

「……全く」

会計を済ませると、メリーシャは軽く手を挙げて先導する。いくつかのファッション店を巡り、女性二人と男性一人で街中を練り歩く。

……どこにでもいる、普通の人々のように見えた。

あとがき

どうも、作者です。……失礼、普段のが出てしまいました。北田龍一と申します。

いつもはネットサイト『小説家になろう』上で投稿している身分でして、活動報告等の頭はだいたいコレです。便利に使ってる書き出しですねぇ。見覚えのある方は……今日この日まで、応援ありがとうございます！


本作はコンテスト用に投稿した短編作をベースに、改めて書き直した作品になります。エピソードの追加や変更もありますが、頭と締めはほぼ同じですかね？

土台は現代社会ですが、呪術や都市伝説が人知れず闊歩している状態です。実は初期段階では『怪異バトル物』と『ヒロインに軸足をのせたヒューマンドラマ』が混在する状態でした。編集さんと話し合い『どちらかに寄せよう』となり、何度かの改稿を経て皆様のお手元に届いた形ですね。バトル路線に舵を切っていたら、そのうち領域展開する流れもあり得たかもしれませんが……受賞したコンテストのテーマが『このヒロイン実は……』

って企画なのに、バトルに寄せるのは何か違くね？　という結論に至り、皆様のお手元に届いた訳であります。

さて、ここで謝辞を。

担当編集者様！　初出版の私に様々な助言、ありがとうございます！　最初期に方向性がブレたのはマジでスイマセン……おかげで無事、世に本作を出せました！

イラストレーターのsyo5様！　美しくも幻想的な奈紺のラフ絵で「ふつくしい……」と思わず呟いてしまいました。叶もイケメンに描いて下さり、作者として嬉しいやら恥ずかしいやら。

今この時、本作を手に取って下さったあなたと、今まで作者を応援してくれた皆さま、そして陰で応援してくれていた友人Ｓにも、圧倒的感謝が絶えません。

そして……作者が触れて来た、数多の作品にも感謝を。小説に限定せず、マンガも歴史書もアニメも大量に触れて来ました。有名無名問わず、愉しんだ作品はずっと残していきます。願わくば……本作があなたにとって、そうした作品になる事を祈るばかりです。

ここまで読んで下さり、本当に、本当にありがとうございました！　作者の次回作にご期待ください！

ファンレター、作品のご感想をお待ちしています!

【宛先】
〒104-0041
東京都中央区新富1-3-7　ヨドコウビル
株式会社マイクロマガジン社
GCN文庫編集部

北田龍一先生 係
syo5先生 係

【アンケートのお願い】

右の二次元バーコードまたは
URL（https://micromagazine.co.jp/me/）を
ご利用の上、本書に関するアンケートにご協力ください。
■スマートフォンにも対応しています（一部対応していない機種もあります）。
■サイトへのアクセス、登録・メール送信の際の通信費はご負担ください。

本書はWEBに掲載されていた物語を、加筆修正のうえ文庫化したものです。
この物語はフィクションであり、実在の人物、団体、地名などとは一切関係ありません。

GCN文庫

コドクな彼女《かのじょ》

2024年5月26日　初版発行

著者　北田《きただ》龍一《りゅういち》
イラスト　syo5《しょうご》
発行人　子安喜美子
装丁　寺田鷹樹（GROFAL）
DTP／校閲　株式会社鷗来堂
印刷所　株式会社エデュプレス
発行　株式会社マイクロマガジン社
〒104-0041　東京都中央区新富1-3-7　ヨドコウビル
［販売部］TEL 03-3206-1641／FAX 03-3551-1208
［編集部］TEL 03-3551-9563／FAX 03-3551-9565
https://micromagazine.co.jp/

ISBN978-4-86716-576-8 C0193